L'EXÉCUTEUR

L'HOLOCAUSTE CALIFORNIEN

DÉJÀ PARUS

- N° 1 : GUERRE A LA MAFIA
- N° 2 : MASSACRE A BEVERLY HILLS
- N° 3 : LE MASQUE DE COMBAT
- N° 4 : TYPHON SUR MIAMI
- N° 5 : OPÉRATION RIVIERA
- N° 6 : ASSAUT SUR SOHO
- N° 7 : CAUCHEMAR A NEW YORK
- N° 8 : CARNAGE A CHICAGO
- N° 9 : VIOLENCE A VEGAS
- N° 10 : CHATIMENT AUX CARAÏBES
- N° 11 : FUSILLADE A SAN FRANCISCO
- N° 12 : LE BLITZ DE BOSTON
- N° 13 : LA PRISE DE WASHINGTON
- N° 14 : LE SIÈGE DE SAN DIEGO
- N° 15 : PANIQUE A PHILADELPHIE
- N° 16 : LE TOCSIN SICILIEN
- N° 17 : LE SANG APPELLE LE SANG
- N° 18 : TEMPÊTE AU TEXAS
- N° 19 : DÉBÂCLE A DÉTROIT
- N° 20 : LE NIVELLEMENT DE NEW ORLÉANS
- N° 21 : SURVIE A SEATTLE
- N° 22 : L'ENFER HAWAIIEN
- N° 23 : LE SAC DE SAINT LOUIS
- N° 24 : LE COMPLOT CANADIEN
- N° 25 : LE COMMANDO DU COLORADO
- N° 26 : LE CAPO D'ACAPULCO
- N° 27 : L'ATTAQUE D'ATLANTA
- N° 28 : LE RETOUR AUX SOURCES
- N° 29 : MÉPRISE A MANHATTAN
- N° 30 : CONTACT A CLEVELAND
- N° 31 : EMBUSCADE EN ARIZONA
- N° 32 : HIT-PARADE A NASHVILLE
- N° 33 : LUNDI LINCEULS
- N° 34 : MARDI MASSACRE
- N° 35 : MERCREDI DES CENDRES
- N° 36 : JEUDI JUSTICE
- N° 37 : VENDREDI VENGEANCE
- N° 38 : SAMEDI MAUDIT
- N° 39 : TRAQUENARD EN TURQUIE
- N° 40 : TERREUR SOUS LES TROPIQUES
- N° 41 : LE MANIAQUE DU MINNESOTA
- N° 42 : MALDONNE A WASHINGTON
- N° 43 : VIRÉE AU VIÊT-NAM
- N° 44 : PANIQUE A ATLANTIC CITY

DON PENDLETON

L'EXÉCUTEUR

L'HOLOCAUSTE CALIFORNIEN

TRADUIT DE L'AMÉRICAIN
PAR F. GUIRAMAND

Titre original américain :
N° 57 THE EXECUTIONER
FLESH WOUNDS

Photo de la couverture : VLOO

La loi du 11 mars 1957 n'autorisant, aux termes des alinéas 2 et 3 de l'article 41, d'une part, que les *copies ou reproductions strictement réservées à l'usage privé du copiste et non destinées à une utilisation collective,* et, d'autre part, que les analyses et les courtes citations dans un but d'exemple et d'illustration, *toute représentation ou reproduction intégrale ou partielle, faite sans le consentement de l'auteur ou de ses ayants droit ou ayants cause, est illicite* (alinéa 1er de l'article 40). Cette représentation ou reproduction, par quelque procédé que ce soit, constituerait donc une contrefaçon sanctionnée par les articles 425 et suivants du Code pénal.

© 1982, Worldwide Library.
© 1984, PLON-HUNTER.

Édition originale Worldwide Library. ISBN : 0-373-61057-2
ISBN : 2-259-01117-9

CHAPITRE PREMIER

Le mastodonte en chemise de flanelle écossaise crasseuse saisit la bouteille de bière à moitié pleine par le col et en écrasa violemment le cul contre le comptoir ; puis, brandissant son arme redoutable, il l'appuya contre la joue de Bolan.

Un reste de bière dégoulinait le long de son monstrueux bras velu ; l'épais tissu de la chemise en pompait une bonne partie, tandis que le reste s'écoulait sur l'extrémité retroussée des Santiags renforcées acier. Quelques éclats de verre s'étaient incrustés dans le dos charnu de sa pogne, et le sang suintait, comme après des piqûres de moustiques particulièrement ravageurs. Mais L'Enorme ne semblait pas y prêter attention.

Sa grosse lèvre supérieure se retroussa en un obscène rictus de triomphe, découvrant des dents jaunâtres hideusement proéminentes, et ses narines palpitèrent, faisant frémir du même coup les deux touffes de poils noirs drus qui s'y logeaient.

Le gars avança d'un pas pour appuyer davantage le verre acéré de la bouteille contre la joue de Bolan. La pression n'était pas suffisante pour faire éclater la chair, mais elle avait tout de même de quoi renvoyer n'importe qui chez lui pour changer de slip en vitesse.

Très calme, Bolan avait un pied appuyé sur la barre métallique, en bas du comptoir. Accoudé au zinc douteux, il tenait sa chope de bière à la main, dardant ses yeux d'acier sur le visage grisâtre et mou du mastodonte.

— Vous l'avez cassée, à vous de la payer, fit-il doucement.

— Quoi ?

— Vous avez brisé ma bouteille, vieux, et je ne l'avais pas finie. Alors c'est votre tournée, vu ?

L'Enorme le regarda, incrédule, et Bolan comprit qu'il n'avait guère l'habitude de recevoir des ordres. Non, le gars aimait bien être le dernier à causer. D'ailleurs on comprenait facilement pourquoi : malgré son tissu épais, la chemise à carreaux dissimulait mal une montagne de muscles prêts à servir. La barbe et la moustache en broussaille ne réussissaient pas non plus à masquer le tremblement nerveux de sa bouche.

Ouais, le gars était dur-dingue, bourré de drogue. Des amphétamines, sans doute ; très probablement de la Benzédrine, pour être précis. A voir ses pupilles dilatées, le costaud s'en était farci au moins trois ou quatre doses depuis ce matin ; et midi n'avait pas encore sonné...

— Hé, Grayson, intervint le barman d'un ton apaisant, il t'a rien fait, ce gars ! Il buvait sa bière, tranquille !

Le dénommé Grayson secoua la tête comme un dément tout en maintenant la bouteille brisée contre le visage de Bolan :

— Ce fils de pute a une petite idée derrière sa caboche pourrie ! Me colle aux fesses depuis ce matin ! Pas moyen de s'en dépêtrer ! L'était derrière moi au discount-optique ; puis je l'ai retrouvé au supermarché, et voilà pas que j'entre chez Tina pour acheter des cigarettes, et qui c'est qui rapplique, juste derrière moi ? Devine ? C't' enflure ! Tu sais bien, Pete, que j'achète toujours mes clopes chez Tina, nom de Dieu de merde ! Toujours, que je te dis !

De la salive épaisse et écumeuse suintait au coin de sa lippe avachie, et commençait à lui dégouliner sur le menton. Il l'essuya mollement avec la manche de sa chemise.

— Enfin, Grayson, sois pas idiot, veux-tu, reprit Pete. Tout le monde, à Susqua, achète son tabac chez Tina. C'est pas nouveau : même moi, avant que j'arrête de fumer, j'allais chez elle, et pourtant j'ai un distributeur automatique dans le bar ! Maintenant, lâche cette bouteille, et ne m'oblige pas à appeler le shérif Dobbs. Tout ce que tu y gagneras, c'est un bon coup de pied au cul, et quelques jours de taule.

— J' te dis que ce fils de pute me filait le train ! rugit L'Enorme.

Pete dévisagea Bolan d'un air incertain, imité d'ailleurs par les trois autres clients de l'établissement. Puis le barman demanda à Bolan :

— C'est vrai que vous suiviez Grayson, m'sieur ?

— Il rêve, fit Bolan en avalant une gorgée de bière sans bouger la tête.

Au moindre écart, il risquait d'avoir la joue irrémédiablement entaillée. Il reprit d'une voix égale :

— Je suis allé au discount acheter des pellicules pour mon appareil photo, et je me suis arrêté chez Tina parce que je n'avais plus de cigarettes. A part ça, il faut maintenant que je me tape la route de retour jusqu'à Philadelphie, et sans traîner encore ! C'est tout. Simple, non ?

— J'ai refilé un coup d'œil à sa tire, Pete, rugit Grayson. Elle contient tout un bordel d'appareils photos, d'objectifs, et tout le tremblement !

— Qu'est-ce que vous avez à répondre à ça, m'sieur ? s'enquit le barman.

— Je suis photographe, marmonna Bolan. Spécialisé dans les merveilles de la nature : les arbres, les petits oiseaux, les torrents fougueux... bref, ce genre de trucs. Rien de nocif.

Mais Bolan, tout en parlant, sentait le grabuge dans l'air. L'Enorme se balançait dangereusement d'un pied sur l'autre, et ses bottes renforcées acier broyaient les éclats de verre tombés sur le sol. Le crissement chatouillait désagréablement les oreilles.

— T'as entendu ce qu'il a dit, Grayson ? reprit Pete. Il est clair. Fous-lui la paix.

— Va te faire voir, barman de merde ! grommela L'Enorme. Je sais ce que j'ai à faire. D'ailleurs Byron sera sûrement très heureux de faire la connaissance de ce fils de pute.

Le visage de Pete se figea brusquement et les trois clients se tortillèrent, mal à l'aise, piquant du nez dans leurs verres.

— Tu ferais mieux d'oublier Byron York et ses tordus, Grayson, marmonna Pete. C'est pas des gus pour toi. Ils t'ont déjà viré à coups de pied au cul. Ça ne te suffit pas ? Tu devrais laisser tomber !

Grayson cracha avec hargne, ratant de peu la chaussure de Bolan, puis ricana :

— Ils vont remettre leur montre à l'heure, là-bas, t'en fais pas, quand je leur amènerai ce petit trou du cul ! Allez, connard, en avant ! On va prendre l'air !

Bolan jeta un regard de biais à Pete et aux trois clients : visiblement, personne n'était disposé à se mettre en travers de L'Enorme, et c'était mieux ainsi, car au moindre écart, la gueule de Bolan serait la première victime. Or elle avait déjà suffisamment souffert comme ça, entre les coups, les blessures et les opérations de chirurgie esthétique...

En outre, Bolan n'avait aucunement l'intention d'accompagner où que ce soit ce mastodonte bourré d'acide.

— Rapplique ! rugit L'Enorme en le saisissant violemment par le bras, sans lâcher pour autant son arme meurtrière.

— O.K., O.K. ! fit Bolan. Laissez-moi seulement finir ma bière, et je suis votre homme.

— Mon homme ? Mon cul, tu veux dire ! ricana Grayson.

Bolan prit alors une grande gorgée de bière et la recracha entre ses dents, soufflant pour qu'elle gicle brutalement dans le visage de Grayson. Le tir était parfait : L'Enorme en prit plein les yeux.

Bolan plongea ensuite sous le bras qui tenait la bouteille cassée et songea un instant à sortir son Detonic .45 soigneusement calé dans son baudrier spécial, contre sa cheville droite. Mais il se ravisa aussitôt. Censément, Bolan était un paisible photographe épris de la nature, pas un tueur. Il se contenta donc de pivoter pour saisir la main qui tenait toujours la bouteille brisée et en tordre le poignet, l'abaissant lentement vers la surface du comptoir jusqu'à entendre l'os craquer ; alors la main s'ouvrit d'elle-même, lâchant la bouteille.

L'Enorme écumait de rage. Bolan leva sa chope de bière, la lui balança en pleine figure, et le verre explosa contre la pommette grisâtre. Sous la chair déchiquetée, l'os laiteux apparut pour disparaître aussitôt sous un jaillissement de sang épais.

Grayson avança de quelques pas en titubant. L'acide qu'il avait ingurgité le rendait insensible à la douleur. Il palpa son jean crasseux, puis plongeant la main dans sa poche usée, en sortit un couteau à lame escamotable.

En un geste sec du poignet, il la fit surgir, et le cran d'arrêt se mit automatiquement en place.

— Arrête, Grayson ! lança Pete, visiblement plus tellement gaillard.

Bolan s'adossa au bar, tous ses muscles bandés, et attendit.

— Grayson, laisse tomber ! gémit encore une fois Pete. Ce gars, il connaît la musique !

Mais Grayson n'entendait pas. Il écoutait les guêpes dans sa tête, les sales guêpes de l'acide qui lui disaient de foncer.

— Enculé ! rugit-il avant de se précipiter sur Bolan.

Celui-ci esquiva facilement la manœuvre maladroite, et glissant de côté, chargea L'Enorme de son épaule droite, par deux fois dans les côtes. La cage thoracique parut s'incurver sous le choc. Grayson s'effondra sur les genoux, cherchant désespérément le bord du comptoir pour s'y agripper.

D'un bond souple, Bolan était déjà derrière

lui et lui assenait deux rudes manchettes sur la nuque. Cela suffit.

Cent vingt kilos de muscles avachis s'affalèrent sur le plancher malpropre qui gémit sous le choc, tandis que la poussière de sciure et les vieux mégots volaient alentour.

Pete sortit de derrière son comptoir en s'essuyant les mains à son tablier et soupira en regardant Grayson :

— L'a pas volé, faut dire !

Puis se tournant vers Bolan :

— Franchement, côté gnons, vous êtes pas un manche !

— Question de bol, fit philosophiquement Bolan.

Mais Pete secoua la tête :

— Si tout le monde avait ce genre de bol, on se demande qui craindrait qui !

Il essaya ensuite de remuer Grayson du bout de sa chaussure, et comme celui-ci ne réagissait pas, il murmura :

— Faut que j'appelle Dobbs, le shérif de Treetops, j'en ai peur. Dans moins d'une heure, il sera là.

Bolan aussitôt consulta ostensiblement sa montre :

— Une heure pour arriver jusqu'ici, plus une heure pour me poser des questions, ça fait deux. J'ai bien peur de ne pas avoir tout ce temps devant moi. Faut que je rentre au labo, si je veux gagner un peu ma croûte.

— Comme vous voudrez, m'sieur. C'est pas moi qui empêcherai un honnête citoyen de bosser.

Bolan enjamba l'énorme masse ronflante de Grayson pour se diriger vers la porte.

— Hé, lui lança Pete, et votre bière ? Vous l'avez pas réglée. Et la chope pétée ?

Bolan indiqua Grayson du menton :

— Il a cassé ma bouteille de bière : mettez-la sur son compte.

Il quitta le bar et regagna à la hâte la petite impasse où il avait garé sa voiture, une Fury II. Avant même de l'avoir rejointe, il avait compris qu'on avait forcé l'une des portières arrière.

Il regarda à travers la vitre teintée : la banquette était vide : les trois appareils avaient disparu, ainsi que toute la batterie d'objectifs et le sac de pellicules.

Bolan ne perdit pas une minute à regarder derrière lui. Il sauta dans la voiture, mit le contact, passa en première et écrasa l'accélérateur.

Une chose était sûre : on l'avait repéré.

CHAPITRE II

Bolan conduisait vite, mais de temps en temps, son regard quittait la route pour balayer rageusement l'intérieur de la voiture. Il aurait dû faire avaler son couteau à Grayson ! La housse de la banquette éventrée, les appareils photos disparus : ça encore, c'était réparable ; mais le vol des négatifs était plus grave puisqu'il anéantissait d'un seul coup le résultat de plusieurs jours de reconnaissance en douce. Cependant, il eût été dangereux de retourner au bar de Pete : Bolan ne voulait pas se faire remarquer davantage dans le coin, et de surcroît, la police était certainement sur les lieux.

Alors tant pis pour les négatifs. Inutile de se lamenter sur des faits que l'on ne pouvait pas modifier, d'autant que Bolan avait largement de quoi cogiter, depuis quelques heures. Son instinct en effet lui disait que les ennuis n'avaient fait que commencer, quand ce mastodonte camé et minable avait forcé sa bagnole. Ce dernier et le barman, Pete, avaient mentionné un certain

Byron York, et le colonel John Phoenix, alias Mack Bolan, avait déjà entendu ce nom quelque part.

Dans la douceur de la nuit, son visage s'adoucit dans l'ébauche d'un sourire. Tout n'était pas perdu, puisqu'il avait pris soin d'envoyer une première série de négatifs à la Ferme de l'Homme de Pierre. Un vieux réflexe de professionnel l'avait poussé à ne pas garder toutes ses bobines ensemble.

Il écrasa l'accélérateur : la route, entre deux collines, fuyait devant lui complètement droite. Au petit jour, il retrouverait Brognola à un lieu de rendez-vous dans les Alleghanys, que le Numéro I fédéral avait fixé lui-même. Bolan brancha la radio : les accents nostalgiques d'une chanson d'amour s'élevèrent dans la voiture, et l'Exécuteur reconnut le tube préféré de Rose d'Avril. Alors brusquement, une pensée désagréable fit irruption dans son champ de conscience : pourquoi était-ce Hal et non Rose, qui avait répondu quand il avait contacté tout à l'heure, la Ferme de L'Homme de Pierre ?

Bolan ralentit : la route montait maintenant en lacets au flanc d'une montagne engloutie dans la nuit. Il avait appelé la Ferme de l'Homme de Pierre, un quart d'heure plus tôt, depuis un téléphone public au bord de la route. Il avait pris soin d'adapter un petit brouilleur de poche sur l'appareil. C'est Hal qui lui avait répondu, et Bolan lui avait demandé de lancer ses hommes aux trousses de Grayson. Hal lui avait ensuite fixé le lieu et l'heure de leur prochain rendez-vous, avant de laisser entendre que les négatifs envoyés un peu plus tôt par Bolan n'étaient pas sans intérêt : ils avaient permis de flairer une ou plusieurs pistes qui, peut-être, conduiraient à l'individu que recherchait l'équipe de l'Homme de Pierre.

Mais c'était la voix de Rose que Bolan s'attendait à entendre, et c'est la jeune femme qui aurait dû répondre, puisqu'elle avait la charge des communications, à la Ferme.

Tout en conduisant dans la nuit, Bolan se prit à songer à tout ce qu'il devait à cette étonnante et superbe créature. Elle lui avait réappris l'amour qui, sans elle, serait mort à jamais dans le cœur de Bolan, assassiné comme sa mère et sa sœur, par une nuit tragique, à Pittsfield, bien des années plus tôt. Bolan se souvenait assez bien de sa mère. Son image nette, souriante, s'imposait souvent à ses yeux ; mais il en allait tout autrement de sa jeune sœur, Cindy, dont le visage en quelque sorte le fuyait. Or, de bien des manières, Rose lui rappelait Cindy. Tout comme l'adorable jeune fille prématurément disparue, Rose d'Avril avait un idéal de vie généreux et grandiose, mais hélas, tragiquement peu réaliste. Et à l'instar de Cindy, quand Rose avait compris que son éthique ne correspondait pas à la réalité, elle avait fait preuve d'assez de cran pour en changer.

Bolan refusait de penser aux circonstances atroces de la mort de sa sœur. En comparaison, Rose d'Avril avait eu beaucoup plus de chance ; et cette chance même l'avait endurcie, donnant à sa personnalité une force bien supérieure à la normale. Suivant l'exemple de Bolan, elle s'était peu à peu transformée en combattante impitoyable.

Bolan songea soudain à ce sanglant Lundi Linceul où il avait pour la première fois rencontré Rose d'Avril ; et brusquement, il eut l'impression de feuilleter un album de photographies. Il revoyait Rose, toute nue, sauvagement dévêtue par des brutes immondes, et qui, oubliant son pacifisme d'antan, tenait tête à l'infâme mafioso Fuzz Martin, armée seulement d'un pic à glace. Bolan sentit à nouveau l'intense soulagement qu'il avait éprouvé en la découvrant en vie. A cet instant-là, il s'était juré d'infliger à Fuzz Martin une mort égale en horreur aux atrocités qu'il avait fait subir à ses semblables.

Et depuis cette première rencontre dramatique dans le Tennessee, Mack et Rose avaient développé des relations de profonde compréhension où se mêlaient, bien sûr, la tendresse et l'amour. La jeune chargée de mission par l'administration fédérale avait peu à peu compris le grand homme en noir, et cessé progressivement de le considérer comme un primitif amoral assoiffé de violence et fasciné par le mal. A ses côtés, elle avait appris que le monde n'était pas bon, et que la tâche de Mack Bolan, quand bien même elle apparaissait sauvage et sanglante, n'en était pas moins vitale pour l'avenir de l'humanité, car les forces du mal couvaient partout, prêtes à faire irruption au grand jour, dès que l'occasion s'en présentait.

Bien qu'il en ait rarement discuté avec elle, Mack Bolan savait que Rose comprenait la place exceptionnelle qu'elle tenait dans sa vie. Une vie pourtant hors du commun, et qui entraînait la jeune femme hors du commun, elle aussi, aux côtés de l'Homme de Pierre Numéro I. Mais Bolan ne s'inquiétait pas pour Rose. Seul un destin exceptionnel pouvait tenter cette jeune femme peu ordinaire.

Il glissa un doigt sur le poste de radio pour changer de station. Un freluquet gémissait maintenant : « Une solitude désespérée m'étreint, quand je suis loin de toi… »

Mais l'esprit de Mack était ailleurs, loin, au-delà des collines bleutées de Virginie où l'attendait Rose… Curieux tout de même que malgré leur intimité, et la confiance absolue qu'ils avaient l'un dans l'autre, Bolan sût si peu de choses sur la jeune femme. De sa vie, avant qu'elle ne rejoigne l'équipe de l'Homme de Pierre, Bolan ne connaissait que quelques éléments épars qu'il pouvait compter sur les doigts d'une seule main : ainsi son père était musicien, et sa mère professeur dans une université. Rose avait été fiancée une fois. Quand elle était à l'université, avant d'être recrutée par les autorités fédérales, elle avait été activiste dans des mouvements pacifistes. Elle s'était engagée en particulier dans le mouvement estudiantin O.J.P. : Organisation de la Jeunesse-Pacifiste, un mouvement assez modéré qui plus tard devait donner naissance à l'organisation beaucoup plus radicale des « Weathermen ». Quand Bolan avait rencontré la jeune femme, elle était expert en espionnage électronique international. Et Hal ne s'était pas trompé en assurant à Bolan :

— On ne peut pas trouver mieux.

Bolan alluma une cigarette :

— Pourquoi n'a-t-elle pas répondu au téléphone ? se prit-il à songer à mi-voix.

Il savait pourtant que mille détails de routine avaient pu retenir la jeune femme loin de la salle des communications ; sans doute était-elle occupée ailleurs, car la besogne ne manquait pas, pour la responsable des communications de la Ferme de l'Homme de Pierre. Mais Bolan savait aussi que son instinct de guerrier ne le trompait jamais. C'était du reste bien à lui qu'il devait d'être encore en vie. Or cet instinct lui disait que Rose aurait dû lui répondre... Et si elle ne l'avait pas fait, c'est que quelque chose n'allait pas. Dans ce cas, pourquoi Hal Brognola n'en avait-il rien dit ?

Quel être difficile à cerner, ce Hal ! songea Bolan. Il avait d'abord été agent fédéral sur le terrain, avant de devenir conseiller particulier de la Maison Blanche pour les problèmes de sécurité nationale et internationale. Dans le privé, c'était un père et un mari exemplaire, et dans ses rapports avec l'Exécuteur, depuis de longues années, il faisait preuve d'une amitié que même ses exigences professionnelles n'avaient jamais réussi à ébranler. Une amitié qui permettait à chacun des deux hommes de donner le meilleur de lui-même, dans cette noble et dangereuse tâche commune qu'ils avaient entreprise. Or Brognola, tout à l'heure au téléphone, avait tenu à fixer rendez-vous à Bolan, au lieu d'attendre, comme il était convenu au départ, que ce dernier rentre à la Ferme de l'Homme de Pierre, une fois sa mission de reconnaissance accomplie. Qu'avait-il donc de si urgent à communiquer à son ami ?

Bolan lâcha la pédale de l'accélérateur. Il avait roulé bon train dans la nuit, et se trouvait à présent à quelques centaines de mètres seulement du point de rendez-vous. Il en apercevait les lumières, d'ailleurs : c'était un petit restaurant pour routiers. Hal s'y trouverait aux premières lueurs de l'aube.

L'Exécuteur avança encore de deux cents mètres, puis gara son véhicule au bord de la route et alluma une nouvelle cigarette, tout en abaissant sa vitre pour respirer l'air de la nuit. La lune venait d'apparaître au-dessus des montagnes, inondant d'argent la campagne alentour.

Une brise légère agitait à peine la cime des mélèzes. Dieu qu'il était bon de se reposer quelques instants ! Et la solitude dans la nuit ne pesait pas à l'Exécuteur : depuis des années, elle était même devenue son mode de vie, un mode de vie que tout au fond de lui, il chérissait...

Peu à peu, la lune perdit de son éclat, tandis que le ciel sombre se teintait de gris, et la brume environnant les mélèzes prit une nouvelle transparence. L'aube se levait.

Bolan se redressa sur son siège, et scrutant la pénombre devant lui, repéra une grosse limousine, devant le café routier. Hal était arrivé, et l'attendait.

La cheminée du café fumait à présent : une fumée grise qui se détachait nettement sur le brouillard bleuté. Un gros poids lourd était garé sur le parking de l'établissement : il venait seulement de s'immobiliser, et avait encore ses lanternes allumées. Bolan mit le contact à regret, répugnant à rompre le silence de la nuit. Il démarra pourtant tout doucement et descendit la côte au point mort, pour se ranger sans bruit le long de la voiture de Brognola.

Accoudé au bar, Brognola tournait le dos à Bolan. Habituellement, le Numéro I fédéral ne buvait jamais au petit matin, songea Bolan en se raidissant intérieurement. Quelle raison grave le poussait à consommer au bar, à une heure aussi indue ?

Hal dut sentir la présence de Mack dans son

dos, car il se retourna, et abandonnant sa bière entamée, murmura à l'adresse de son ami :

— Installons-nous à une table. Nous serons plus tranquilles pour parler.

Ils traversèrent la salle pour s'asseoir à une table en retrait, tout au fond. Brognola attaqua d'emblée d'une voix tendue qu'il s'efforçait pourtant de maintenir basse :

— Reprenons l'affaire depuis le début : ce type que nous cherchons, pour lequel nous t'avons demandé de mitrailler les montagnes Alleghanys avec tes appareils photos, s'appelle J. D. Dante. Nous avions besoin de clichés de lui pour confirmer nos soupçons sur ses agissements actuels, aussi t'avons-nous envoyé où il avait été vu pour la dernière fois. Pendant ce temps, je faisais mes petites recherches personnelles. Nous avons tous les deux glané des informations intéressantes. Commençons par moi : voici ce que j'ai appris. Grâce à certaines rumeurs et certaines indiscrétions, j'ai réussi à déterminer que notre Dante a eu une entrevue secrète ici, aux Etats-Unis, avec Fyodor Zossimov. Comme tu le sais, ce type est l'agent de liaison du K.G.B. avec les organisations terroristes internationales. Or Zossimov n'aurait pas effectué le voyage jusque chez nous sans un motif important. Je te rappelle que cet individu n'est pas un enfant de chœur : à ce jour, c'est lui qui a organisé un attentat contre une synagogue parisienne ; il a également fait sauter un pont à

Mexico, monté une embuscade contre un car scolaire rempli d'enfants à Tel Aviv, et que sais-je encore... Fyodor Zossimov est un champion de la violence. Une vermine de la pire espèce.

— Et tu voudrais que j'aille l'en féliciter personnellement ?

— Il faudrait pour cela que nous lui mettions la main dessus.

— Où est Rose ? demanda brutalement Bolan.

— Rose d'Avril ? Je ne suis pas en contact avec elle, répliqua Brognola d'une voix de marbre.

Bolan sentit son estomac se nouer :

— Que veux-tu dire, tu n'es pas en contact avec elle ?

— C'est bon, soupira Brognola, commençons par le commencement, veux-tu ? Ce sera plus clair.

— Je t'écoute.

Brognola se tortilla mal à l'aise sur son siège, avant de reprendre en pesant bien ses mots :

— Tes clichés nous ont mis sur une piste. Pas très nette encore, mais une piste possible.

— Quel rapport avec Rose ?

— C'est elle qui a su l'identifier.

Le regard de Bolan se figea tandis que Brognola expliquait :

— Nous avons minutieusement étudié tous les négatifs que tu nous as fait parvenir. Et crois-moi, ce n'était pas une mince besogne. Il nous a fallu vérifier des centaines et des centaines de visages.

— C'est vrai que je n'ai pas lésiné sur la pellicule, murmura Bolan. Et d'ailleurs tout allait bien jusqu'à ce matin, quand je suis tombé sur ce paranoïaque bourré d'acide. A l'heure qu'il est, il doit cuver sa dose, confortablement couché chez lui.

— Eh bien, tu te trompes, soupira Brognola. Je viens de passer un coup de fil au shérif local. Celui-ci s'est pointé au domicile de Grayson Strummer et a trouvé la piaule vide. Par contre, il y avait du sang partout.

— Je l'ai peut-être cogné un peu trop fort, murmura Bolan.

— T'en fais pas, ce ne sont pas tes coups de poings qui ont provoqué une effusion de sang pareille. Il paraît qu'il y en avait plein les murs !

Bolan fronça les sourcils :

— Franchement, je n'y comprends rien !

— Moi non plus, mais ça n'est pas fini.

— Raconte.

— T'as donc passé au peigne fin tout le nord-ouest des Alleghanys, passant par Treetops, Pineridge et Susqua. Et t'as pris des centaines de photos de gars qui correspondaient à peu près à la description de Dante. Mais aucun de ceux-ci n'était le bon.

— Alors ?

— Alors voilà : sur une photo prise au télé montrant une ferme perdue dans les bois, avec

pas mal de monde autour, nous avons identifié un visage ; ou plutôt, c'est Rose qui l'a reconnu.
— Quel visage ?
— Celui d'un certain Byron York.
— Attends une seconde, coupa aussitôt Bolan. C'est le gars qui...
— Exact. C'est l'individu auquel Grayson Strummer voulait te livrer.

Bolan se pencha alors en travers de la table, fusillant Brognola du regard :
— Alors, Hal, tu accouches ou non ? Qui est ce gars ? Et où intervient Rose ?

Brognola toussota pour s'éclaircir la voix :
— Elle l'a connu à l'université, Casseur. Si j'ai bien compris, elle aurait même été fiancée avec lui quelque temps, mais ils ont rapidement rompu, et chacun est parti de son côté. Rupture brutale, apparemment, mais Rose ne m'en a pas dit les détails. Il semble qu'à l'époque, elle savait déjà parfaitement ce qu'elle voulait. Quoi qu'il en soit, exit York ; on le revoit brièvement dans d'autres universités, puis il disparaît complètement. C'était il y a quelques années, déjà. Et voilà que Rose l'a reconnu sur une de tes photos.

Brognola sortit de sa poche un petit cliché qu'il tendit à Bolan. Bolan reconnut immédiatement la photo : il l'avait prise au télé-objectif, aussi le grain était-il assez marqué. Elle montrait un petit groupe d'individus en train de faire boire leurs chevaux dans un torrent, à une centaine de mètres au-delà d'une ferme. Bolan avait pris quelques clichés des cavaliers avant de régler son objectif sur la ferme.

En regardant la photo, il fronça les sourcils.

Byron York portait une moustache soignée, son visage était rasé de près, et ses cheveux, coupés très court, lui donnaient un air vaguement militaire. Son visage était dur, amer, comme si l'homme vivait avec au cœur, une profonde désillusion, et ne réussissait pas à s'y habituer.

— C'est bon, Hal, fit Bolan en posant la photo sur la table, parlons de Rose, à présent. Où est-elle ?

— Partie à la recherche de Byron York.

— C'est toi qui l'as envoyée ?

— Non, elle en a décidé toute seule, murmura Brognola.

La serveuse venait de se matérialiser près de la table.

— Allons, les gars, vous n'allez pas vous disputer pour une fille ! s'exclama-t-elle en riant.

Bolan, levant la tête, vit une petite bonne femme rondouillarde d'une quarantaine d'années, le nez chaussé de lunettes cerclées de fer, comme une institutrice, et portant dans les cheveux une petite coiffe de serveuse en coton amidonné rose. Un badge sur son tablier, rose également, annonçait qu'elle s'appelait Doris.

— Faut jamais se bagarrer pour une fille, reprit la dénommée Doris d'un ton apaisant.

Surtout toi, mon mignon, ajouta-t-elle à l'adresse de Brognola. Tenez, v'là du café, et je vous écoute pour la commande. Tout est fameux et fait maison, ici.

— Pour moi, ce sera deux œufs au jambon, Joli Cœur, marmonna Brognola.

— Même chose, fit Bolan.

— En voilà deux chouettes petits gars, s'exclama Doris. Deux paires d'œufs au jambon, c'est-y pas mignon !

Les deux hommes lui adressèrent un sourire absent qui parut la remplir de joie, car elle s'accouda à la table et regarda Brognola droit dans les yeux comme pour s'assurer que tout allait bien pour lui ; puis elle s'en fut en rigolant transmettre les commandes à la cuisine. Le sourire de Hal s'attarda quelques instants encore sur son visage, puis le Numéro I fédéral reprit la parole. Il expliqua d'abord à Bolan comment Rose d'Avril avait reconnu son ex-fiancé sur le cliché. L'ancien membre de l'OJP, Byron York, était lié à J. D. Dante, et Rose avait donc jugé bon de se lancer à sa recherche.

— Et tu as été d'accord, bien sûr ? marmonna Bolan en fusillant Brognola de son regard d'acier.

— J'avoue avoir trouvé l'idée assez judicieuse.

— Alors pourquoi ton air tracassé ? Si quelque chose te chagrine, accouche donc !

— C'est que Rose devait nous contacter,

avoua enfin Hal ; et pour l'instant, elle n'en a rien fait.

— Vous n'avez plus de nouvelles depuis combien de temps, exactement ? s'enquit Bolan d'une voix tendue.

— Vingt et une heures très précisément, soupira Hal Brognola.

Il vit aussitôt Bolan se raidir. Un grand costaud en bottes de caoutchouc s'approchait de leur table. Visiblement, il en avait après le chef Fédé, car pas une seule fois il ne regarda Bolan. Le camionneur — car de toute évidence c'en était un — posa ses deux grosses pognes velues sur la table, bien en face de Brognola, avec sur le visage une expression mauvaise ; de l'autre côté de la table, Bolan sentait son haleine rance qui puait le tabac ; Brognola prenait le souffle fétide en plein visage.

— Les tables sont réservées pour les routiers, attaqua le géant d'une voix grondante. Mon camion est le seul garé sur le parking, alors tire-toi d'ici.

Bolan aussitôt plaqua sa main gauche sur la pogne droite du malabar, le clouant littéralement sur la table.

— On cause, mon gars, tu permets ? renvoya-t-il à voix contenue.

Et pour la première fois, l'autre parut s'apercevoir de son existence. Il tourna son regard vers lui, puis son visage vira au violet, quand il s'aperçut qu'il ne pouvait plus bouger sa main.

— Arrête un peu d'embêter les clients ! gronda une voix féminine.

C'était Doris, et Mack admira la façon dont elle interposa sa silhouette rondouillarde entre la table et le mauvais coucheur ; puis d'un léger balancement de la hanche, elle repoussa le gros ; Mack à son tour libéra sa main, et le camionneur marmonna de vagues menaces dans sa barbe avant de s'éloigner.

— Faut pas y faire attention, à ce tordu, fit Doris sur un petit ton d'excuse. Il débarque ici régulièrement toutes les semaines à peu près, et chaque fois, il essaie de faire du raffut. Oh, rien de grave, mais il aime bien gueuler plus fort que les autres.

Tout en parlant elle avait placé les assiettes devant Hal et Bolan, puis immédiatement, s'éclipsa.

— Décidément tout le monde est givré, par ici, mumura Brognola comme s'il se parlait à lui-même. Dis donc un peu, Mack, reprit-il, je ne t'ai rien dit au téléphone sur Rose, parce que j'attendais des tuyaux de Washington qui tardaient à venir. Je ne voulais surtout pas que tu fonces à l'aveuglette.

— Tu as eu des problèmes ? s'enquit aussitôt Bolan.

— Le mot est un peu fort, mais tu sais comment sont les gars du B.C.R. D'ailleurs, ce n'est pas vraiment eux qui m'ont mis des bâtons dans les roues, mais un de leurs cols bleus, au service des dossiers. Figure-toi que le gars refusait de laisser transpirer quoi que ce soit sur la visite de Zossimov aux Etats-Unis, pas plus qu'il ne voulait me lâcher le morceau sur les derniers agissements politiques de Dante et de son pote York.

Bolan connaissait bien le B.C.R., et les gens qui l'animaient. Ce Bureau Central de Renseignements était l'équivalent militaire de la C.I.A. avec laquelle d'ailleurs il travaillait souvent main dans la main ; il avait été créé dès le début de l'administration Carter. Depuis peu, ses membres officiaient essentiellement en Amérique Centrale où ils effectuaient des missions hyper-camouflées pour contrer les organisations terroristes patronnées par le K.G.B. Les gars du B.C.R. étaient des hommes courageux, prêts à donner leur vie pour la cause qu'ils défendaient ; cependant leur efficacité était souvent entravée par les lenteurs de l'inévitable bureaucratie qui leur était attachée.

Alors Bolan ne portait pas de jugement sur le B.C.R. et ses méthodes, mais si par la faute d'un de leurs sous-fifres, il arrivait quoi que ce soit à Rose d'Avril, l'employé peu complaisant recevrait sans délai une petite visite de l'Exécuteur...

— Qu'as-tu appris, en fin de compte, Hal ? s'enquit Bolan.

— L'emplacement exact du camp de York, fit Brognola avec l'ébauche d'un sourire.

Après tout, c'était l'unique bonne nouvelle qu'il avait à annoncer à son ami.

— Et j'ajoute, reprit-il, que j'ai autorisé une rapide reconnaissance aérienne des lieux. Sais-tu que les caméras fixées sur ces C-103 font véritablement des merveilles ? En tout cas, grâce à elles, on a localisé la jeep de Rose.

— Dans le camp, tu veux dire ?

— Ouais. Mais hélas rien ne nous indique que Rose s'y trouve aussi ; pas plus que Dante, d'ailleurs.

— Et si je comprends bien, il va falloir employer les grands moyens pour aller y voir de plus près ?

Brognola hocha lentement la tête tout en faisant signe à la serveuse de lui apporter l'addition. Celle-ci l'amena aussitôt.

— J'espère qu'on vous reverra sous peu dans le quartier, les gars, fit aimablement Doris.

Et Bolan vit qu'elle avait gribouillé un numéro de téléphone sur la note qu'elle tendait à Brognola. Le chef Fédé eut un regard surpris, mais Bolan remarqua aussi qu'il laissait un confortable pourboire.

CHAPITRE III

La sentinelle se retourna juste à temps pour voir la pâle clarté de la lune se refléter faiblement sur la lame acérée. L'instant d'après, le couteau plongeait sans bruit dans son œil gauche.

Le Browning à canon scié glissa des mains du gars, tandis que des flots de sang épais lui inondaient le visage.

L'homme s'effondra sur les genoux, agonisant.

Bolan aussitôt escalada le talus pour se dissimuler derrière le tronc d'un énorme pin. D'un geste sec, il remit son couteau en place dans son étui, contre sa cuisse, et prit un Beretta 93-R, à crosse escamotable et à répétition. Le pistolet-mitrailleur était équipé d'un réducteur de son et d'un pare-flammes. Il enclencha dans le magasin un chargeur de 15 cartouches.

Pour cette pénétration Bolan portait sa combinaison noire de combat, collante comme une seconde peau, et qui lui permettait de se fondre dans la nuit. Car cette mission, si elle avait démarré sur les chapeaux de roue, n'en avait pas moins été minutieusement préparée.

Ce matin même, Brognola avait passé un certain nombre de coups de fil, histoire de faire ronfler les ordinateurs sophistiqués de Washington, et finalement il avait obtenu ce qu'il voulait, c'est-à-dire certaines informations sur Byron York et ses mystérieux agissements au fin fond des forêts de Pennsylvanie.

Ces informations, hélas, avaient confirmé ses craintes les plus noires.

York, depuis un certain temps, avait abandonné ses amours de jeunesse pacifistes pour devenir activiste d'extrême droite. Il était maintenant réactionnaire, et de la pire espèce.

Au lieu de se contenter d'activités clandestines, il avait au contraire pris la tête d'un groupe de fanatiques qui s'intitulaient en toute modestie, les Survivants. Les renseignements officieux avançaient le nombre de 63 Survivants. Tous, avec femmes et enfants, s'étaient installés dans une sorte de camp perdu au fin fond de la Pennsylvanie. Ils y cultivaient la terre pour subvenir à une bonne partie de leurs besoins, et attendaient, fusils au poing, l'effondrement financier et militaire des Etats-Unis... beau programme, en vérité !

De l'endroit où il était posté, Bolan voyait parfaitement le camp des Survivants. Et de fait, tout le monde, y compris les femmes et les enfants, était armé. Certains même paraissaient assez désireux de se servir de leur joujou.

Le camp lui-même était assez astucieusement implanté. Une bonne douzaine de bungalows en bois avaient été édifiés, selon un demi-cercle qui serait bientôt complété par une autre douzaine de bungalows identiques, pour l'instant en construction. Au centre se trouvaient des tentes destinées sans doute à abriter les Survivants qui ne disposaient pas encore de bungalow.

Le camp occupait une clairière assez vaste, au milieu d'un bois de pins très touffu. Il était donc difficilement repérable, sauf par avion bien sûr.

En plein centre de la clairière, les Survivants avaient creusé un vaste trou pour y faire un feu qui semblait brûler en permanence : cet étrange foyer ressemblait à une fontaine sur une place de village.

Très vite, Bolan repéra la Jeep toute neuve — une Hummer, dernier modèle — que Rose d'Avril avait empruntée au parc automobile de la Ferme de l'Homme de Pierre. A la lueur des flammes dans le foyer central, il vit aussi que l'aile arrière gauche du véhicule était criblée de balles.

L'Exécuteur se laissa tomber à terre. Quelques instants plus tard, il rampait sur le sol recouvert d'aiguilles de pins, son 93-R bien calé contre sa poitrine.

L'HOLOCAUSTE CALIFORNIEN 37

Les occupants du camp allaient recevoir de la visite.

On verrait bien s'ils méritaient leur surnom de Survivants.

CHAPITRE IV

— A mon avis, il va la liquider.
— Quoi ? glapit l'autre.
— Ouais, la liquider, j'ai dit. La gonzesse, bien sûr ! Byron, va bien falloir qu'il la zigouille !

Et pour mieux montrer ce qu'il signifiait, le gars porta la main à sa gorge, faisant le geste de se la trancher.

Son comparse, il faut dire, avait un casque écouteur de Walkman Sony passé par-dessus sa casquette de base-ball rouge. Il hocha la tête en signe de compréhension et sourit. Il portait un M-16 suspendu par une bandoulière sur son épaule, et pelait une orange dont il semait les morceaux d'écorce sur le sol, à ses pieds. Les deux gars avançaient.

Mack Bolan était accroupi derrière un épais buisson, à moins de dix mètres de la Jeep qu'avait empruntée Rose d'Avril. Et sans le savoir, les deux hommes l'empêchaient de s'aventurer plus avant.

Mais cela ne durerait pas longtemps.

— Tu devrais pas jeter tes pelures d'orange par terre, Jeff, fit le premier gars. Byron, s'il te voit, va te botter le cul.

— Quoi ? cria à nouveau le dénommé Jeff que son casque empêchait d'entendre.

Son copain lui écarta alors un des écouteurs de l'oreille et répéta :

— J'ai dit, Byron va te botter le cul.

— Risque pas, ricana Jeff. Tant qu'il a sa poulette, on est tranquille.

Et d'un air entendu, il indiqua du menton le bungalow le plus proche de la Jeep.

Bolan sentait tout ses muscles le démanger. Le besoin d'agir le dévorait, à présent.

Le premier individu posa son fusil semi-automatique XM-10 contre la Jeep, puis sortant un paquet de Camel de sa poche, le tapota pour faire apparaître une cigarette qu'il se coinça dans la bouche. Il gratta ensuite une allumette avant de répéter, maintenant qu'il était sûr d'être entendu :

— Parole qu'il va la liquider, sa gonzesse ! Peut pas faire autrement.

— Moi, ça m'étonnerait.

— Il a pourtant bien viandé ce gros porc de Grayman.

— C'est pas Grayman qu'il s'appelait, mais Grayson, et c'est pas Byron qui l'a trucidé. C'est son petit copain. Tu sais, le mec bizarre qui se balade avec toute une panoplie de flingues.

— N'empêche que la nana, elle nous a vus

enterrer le corps de Grayson, et donc elle peut nous faire accuser de complicité de meurtre. Si ça se trouve, elle saura très bien nous reconnaître et nous livrer aux flics.

Jeff avala un quartier d'orange avant de ricaner :

— Ben, t'en as appris des choses, en taule ! T'es un vrai juriste, on dirait !

— J'en ai appris assez pour savoir qu'il faut qu'elle disparaisse, cette gonzesse. Et si Byron veut pas la descendre, c'est l'un de nous qui s'en chargera.

— Moi, je préfèrerais nettement me la fourrer, grinça Jeff avec un sourire obscène.

Bolan jaillit de son abri, la crosse du Beretta fermement calée dans son poing. Les deux hommes se figèrent en voyant la monstrueuse apparition vêtue de noir. Le premier en lâcha sa cigarette qui rebondit sur sa chemise, avant de tomber sur le sol.

Jeff eut le réflexe plus rapide, et épaula presque aussitôt son M-16.

Mais Bolan avait déjà le doigt appuyé sur la queue de détente. L'arme cracha en rafale une demi-douzaine de pastilles brûlantes qui giclèrent pour s'enfoncer dans la chair molle de la gorge de Jeff. Le sang jaillit à flots, inondant la chemise de flanelle et le pantalon kaki, et le gars s'effondra.

Son comparse reçut le reste du chargeur du Beretta ; les balles dessinèrent un trait vertical parfait depuis le bas de son sternum jusqu'à la naissance de son cou, le thorax du gars s'ouvrit béant, comme une orchidée à l'instant de sa floraison. L'homme bascula en arrière ; sa tête rebondit sur l'aile de la Jeep, puis tout son corps s'affala sur le sol, sans vie.

Grâce au silencieux, la fusillade était passée inaperçue, et personne ne surgit des bungalows. Deux gars, près du feu, à moins de cent mètres de là, balançaient quelques bûches dans l'âtre. Les flammes dévoreuses grimpèrent vers le ciel, éclairant le camp d'une lueur démente. Bolan traîna les deux cadavres pour les dissimuler derrière un buisson de laurier. Après quoi, il s'accroupit et par petits bonds, gagna le bungalow où, d'après ce qu'avait laissé entendre l'un des hommes qu'il venait de tuer, était détenue Rose d'Avril.

D'épais rideaux obstruaient les fenêtres, ne laissant rien voir de ce qui se passait à l'intérieur. Bolan appuya son oreille contre une vitre : quelqu'un, là-dedans, passait un très vieux disque d'Elvis Presley que Bolan connaissait bien : c'était la chanson favorite de son jeune frère, quand l'Exécuteur était parti au Viêt-nam. Bref, elle ne datait pas d'hier. Malgré les violents échos de l'orchestre, Bolan put entendre des voix. Et l'une d'elles appartenait à Rose d'Avril, il en était sûr.

Bolan prit deux profondes inspirations, et serrant bien son Beretta, banda tous ses muscles en s'approchant de l'entrée du bungalow. Puis, prenant son élan, il balança un furieux coup d'épaule dans la porte de bois. Celle-ci, sous l'impact du choc, vola grande ouverte, tandis qu'un de ses gonds sautait, la laissant en équilibre précaire sur un seul point d'appui.

Mais Bolan ne ralentit pas. En un bond il avait traversé la minuscule cuisine encombrée de vaisselle sale, pour pénétrer dans la pièce principale. Il sauta par-dessus le divan, et ne s'arrêta qu'au fond de la pièce, près de la cheminée de pierre.

Sa traversée éclair de la pièce lui avait tout de même permis d'enregistrer un certain nombre d'images, et tout en s'accroupissant sur le sol en pointant le Beretta devant lui, il savait quelle devait être sa première cible.

Rose était assise à sa gauche, dans un vieux fauteuil à bascule démodé. La corde qui lui ligotait les poignets s'incrustait profondément dans sa chair, toute violacée. La jeune femme portait également, en haut du bras gauche, un pansement souillé de sang. A trois mètres à droite de Bolan, un gars tout maigre avec un visage de fouine barré d'une cicatrice boursouflée, tenait un fusil semi-automatique Uzi calé contre sa poitrine, prêt à cracher. Enfin, debout derrière le siège de Rose, se tenait Byron York, sa gueule de malchanceux aigri, assez ressemblante à celle que montrait la photo prise par

Bolan. Lui, apparemment n'était pas armé, et ne constituait donc qu'une cible secondaire.

La sentinelle au visage balafré poussa un petit sifflement en pointant le museau de l'Uzi droit sur Bolan. Mais déjà le Beretta crachait sa grêle d'enfer. L'Uzi bascula sur le plancher et le gars se cabra avec un ultime grognement, avant de s'effondrer lourdement en travers de la table, balançant par terre du même coup le lecteur de cassette. Elvis Presley en eut le soufflet coupé net.

Bolan pivota ensuite vers Byron York. Ce dernier n'avait pas bronché. Bolan sentait son doigt nerveusement crispé sur la queue de détente, mais quelque chose l'empêchait de réduire ce triste Survivant en un monceau de confettis sanglants et collants. Oui, quelque chose d'important !

La mission, bien sûr !

— Décidément, vous ne perdez jamais une seconde, Mack, souffla Rose, et Bolan vit l'intense sentiment de soulagement qui peu à peu se peignait sur le visage de la courageuse jeune femme.

— C'est le secret qui m'a permis de rester en vie jusqu'à ce jour, marmonna l'Exécuteur. Et vous, quel est le vôtre, Rose ?

— J'essaie de vous imiter, murmura la jeune femme en baissant les yeux, mais comme vous pouvez le voir, je n'y réussis pas toujours. Je suis contente de vous voir ici, ajouta-t-elle avec un pauvre sourire.

Bolan s'adressa alors à York, en maintenant le Beretta pointé sur lui :

— Recule de trois pas, mec !

York obéit aussitôt et leva les mains en l'air.

Bolan sortit immédiatement d'une des poches de sa combinaison une lame Fairbairon, et trancha net la corde qui ligotait les poignets de Rose.

La jeune femme se leva du fauteuil à bascule, massant doucement ses poignets endoloris, pour y activer la circulation sanguine. Puis s'approchant de la sentinelle affalée en travers de la table, elle se baissa pour ramasser son Uzi et en essuya avec soin le sang qui avait coulé sur la crosse, risquant de la rendre glissante. Puis, braquant l'arme, elle regarda Byron York.

— Qui est cet individu, Rose ? s'enquit nerveusement ce dernier.

La jeune femme avança d'un pas pour lui enfoncer le museau de l'Uzi dans l'estomac avant de marmonner, les dents serrées :

— Nous n'avons pas de temps pour les explications, Byron. Dis-nous où se trouve J. D. Dante.

— Ainsi c'était cela que tu voulais savoir depuis le début ? souffla Byron York.

— En effet, gronda Bolan, et nous avons perdu assez de temps comme ça. Alors, dépêchez-vous ! Où est-il ?

— Je ne sais pas.

Bolan avança pour caler le canon de son Beretta sous le menton du Survivant. Celui-ci tressaillit avant de déclarer d'une voix désespérée :

— Je vous dis que j'ignore où se trouve cette ordure de Dante. Je vous supplie de me croire, car c'est la vérité ! Il est arrivé ici il y a quelques jours, me demandant de le cacher en attendant de pouvoir attraper la Diligence Express.

— La quoi ?

— Vous savez bien, ce réseau clandestin qui assure des liaisons régulières avec la Californie pour les gens en cavale. Bref, Dante avait des affaires à surveiller sur la Côte Ouest, et voulait rester au vert pendant quelques jours.

— Pourquoi est-ce vous qu'il est venu trouver ? Vos Survivants n'ont guère de sympathie pour les gens du Weathermen, il me semble.

— Personne ici ne savait qui était Dante, et par conséquent il n'a pas été reconnu, expliqua Byron. Mes hommes l'ont pris pour un mercenaire, car il se balade toujours avec une impressionnante panoplie d'armes à feu.

Rose alors secoua la tête avant de lancer :

— En tout cas toi, tu savais qui il était, et tu as accepté de l'aider. Pourquoi ?

— Je n'avais guère le choix. Dante sait trop de choses sur mon compte et n'hésiterait pas à s'en servir. Du temps où j'étais membre du mouvement Weathermen, je lui ai servi de chauffeur pour une attaque à main armée. S'il se débrouillait pour le faire savoir aux flics, ceux-ci m'épingleraient et je prendrais des années de taule.

— Pourquoi avez-vous tué Grayson Strummer ? demanda alors Bolan.

— Vous voulez véritablement savoir ce qui est arrivé à ce lamentable camé ? soupira Byron York. C'était un pauvre mec, rien de plus. Pendant des mois, il m'a supplié de le laisser rejoindre notre mouvement, mais j'ai établi une règle très stricte, dans ce camp : je ne veux pas de drogue. Nous n'avions donc pas de place pour lui, ici. Et voilà qu'il y a deux jours, il rencontre un de mes hommes et lui raconte qu'un inconnu l'a suivi pour prendre des photos de lui à la dérobée. L'histoire revient aux oreilles de Dante qui prend deux de mes gars et part chez Grayson pour le questionner sur cette affaire. Grayson était un camé notoire, et en plus, il n'avait pas inventé la poudre ; bref, il répète à Dante son histoire, mais J.D. s'imagine qu'il ne lui dit pas toute la vérité. En plus Grayson avait chez lui tout un tas de matériel photo. Il a juré à Dante que ce matériel ne lui appartenait pas, mais l'autre n'a rien voulu savoir et a commencé à le traiter d'espion. Puis il l'a tabassé à mort. Si bien que mes gars se retrouvent avec un meurtre sur les bras ! Avouez quand même que c'est une poisse !

— Je veux retrouver Dante au plus vite, fit

sèchement Bolan en appuyant un peu plus fort le Beretta sous le menton de Byron. Et je suis très pressé.

— Cela m'étonnerait que vous sortiez de ce camp sur vos deux jambes, ricana York. Quant à retrouver J. D. quand il s'est évanoui dans la nature pour attraper la Diligence Express, autant chercher une aiguille dans une meule de foin !

— C'est bien parce que ce n'est pas si simple que je t'emmène avec nous, fit Bolan d'une voix de marbre. C'est toi qui nous serviras de guide.

Le visage de York se figea, et sa voix se fit suppliante pour lancer :

— Rappelle ton chien de garde, Rose, je t'en prie ! Fais-le en souvenir du bon vieux temps !

— Le bon vieux temps est mort, mon gars ! coupa sauvagement Bolan. C'est le présent qui nous intéresse. Tu te dis Survivant, mais je me demande si tu sais de quoi tu parles ! Pour survivre, il faut se donner les moyens de faire certains choix, et tu n'as jamais su choisir !

Byron York parut s'affaisser, puis soupira :

— Dans l'immédiat, il me semble que je n'ai guère de choix possible, vous ne croyez pas ?

— En effet, fit sèchement Bolan ; alors contente-toi d'obéir.

Bolan indiqua ensuite la porte avec son Beretta puis s'adressant à Rose :

— N'oubliez pas les clés de la Jeep.

Rose les attrapa sur la table, près du divan.

— Dans quel état est votre véhicule ? lui demanda encore Bolan.

— La Jeep marche parfaitement, lui assura Rose. Les balles n'ont touché que la carrosserie. Le moteur n'a rien pris.

— Allons-y ! fit laconiquement Bolan.

Ils sortirent du bungalow l'un derrière l'autre. L'air froid de la nuit les saisit à la gorge. Rose d'Avril ouvrait la marche, brandissant l'Uzi bien calé contre son épaule. York la suivait, sans arme, regardant alentour avec des yeux affolés. Bolan enfin les couvrait, son Beretta balayant inlassablement la nuit en exécutant de larges demi-cercles.

En quelques secondes, ils avaient rejoint la Jeep. Bolan sauta jusqu'au buisson de laurier où il avait dissimulé les sentinelles abattues un peu plus tôt, et réapparut près de la Jeep brandissant un XM-10 pris à l'un des cadavres. Il le tendit à York, et les deux hommes échangèrent un regard dur.

Bolan prenait un risque calculé, il le savait, mais York saisissait son unique chance. Car pour être Survivant, il fallait, comme le lui avait laissé entendre Bolan, savoir reconnaître sa chance là où elle se trouvait. Seuls survivaient ceux qui savaient faire le bon choix à certains moments fatidiques.

— O.K., je suis avec vous, fit York à l'adresse du grand homme vêtu de noir.

Bolan s'installa au volant de la Jeep, posa son

Beretta sur ses genoux et mit la clé du véhicule dans la serrure de contact.

Rose d'Avril s'assit sur le siège du passager, à côté du chauffeur, et cala l'Uzi en position de tir contre son dossier. Et Byron York prit place à la hâte sur la banquette arrière, le museau de son XM-10 pointé derrière lui.

Comme Bolan actionnait le démarreur, il l'avertit :

— Je vous préviens que l'unique chemin d'accès à ce camp est gardé par des sentinelles en armes. Je le sais, car c'est moi qui les ai placées là.

— Je suis au courant, fit distraitement Bolan, tandis que le moteur de la Jeep rugissait, déchirant la nuit.

Des silhouettes jaillirent aussitôt des bungalows et des tentes, voulant voir d'où venait ce bruit de moteur. La plupart brandissaient des fusils, et plusieurs hommes, voyant la Jeep foncer de l'avant, se précipitèrent pour l'arrêter. Mais Bolan fit d'abord un large demi-tour, avant de disparaître dans la nuit, appuyant à fond sur l'accélérateur.

Bien vite, le véhicule tout terrain rejoignit le chemin en terre battue. Dans l'obscurité, les quatre roues motrices faisaient gicler derrière elles tout un panache de petits cailloux et d'aiguilles de pin.

Rose et Byron surveillaient la forêt bordant le chemin, lâchant de temps en temps des rafales isolées pour décourager les éventuels Survivants qui auraient eu la mauvaise idée de couper à travers bois pour intercepter la Jeep.

Bolan roulait à vive allure, tous feux éteints. La voiture rebondit durement sur une racine apparente traversant le chemin, et Rose faillit en lâcher son Uzi. Enfin, un virage serré apparut juste devant le véhicule en fuite. Bolan le négocia tant bien que mal, mais l'arrière de la Jeep heurta le tronc d'un pin énorme, au bord du chemin.

C'est alors que York hurla pour attirer l'attention de Bolan :

— Dans une minute, nous allons tomber sur deux Jeeps avec chacune deux sentinelles solidement armées. Ces quatre gars ont rêvé toute leur vie d'une occasion pareille pour essayer leurs joujoux !

— C'est bien possible, fit paisiblement Bolan.

— Ce n'est pas une éventualité, c'est une certitude ! hurla à nouveau Byron. C'est la seule route d'accès, et les sentinelles sont postées tout en bas. Nous n'avons aucune chance de nous en tirer.

Rose se retourna avec un sourire grinçant pour Byron :

— T'en fais pas, mon vieux, on en a vu d'autres, lui et moi.

— N'empêche que je vous le répète, on n'a aucune...

Un tir d'armes semi-automatiques crépita à

moins de vingt mètres devant eux, et une pluie de balles cribla aussitôt le capot du véhicule ; un des phares vola en éclats, projetant dans le ciel une nuée de verre brisé qui un instant après retombait sur les occupants du véhicule. Bolan décrivit de son mieux de grands zigzags sur le chemin, tandis que Rose élevait un peu l'Uzi pour mettre l'arme en position de tir.

Une nouvelle volée de balles jaillit de l'autre côté du chemin. Bolan alluma son unique phare pour tenter de localiser l'ennemi. Un homme, en effet, se tenait en plein milieu du chemin et mitraillait le véhicule en fuite, mais à la lueur de son phare, Bolan repéra vite un second tireur : celui-là était à cheval, un Uzi au poing et galopait dans les bois, parallèlement au chemin.

— Occupez-vous du cavalier, hurla l'Exécuteur à ses passagers. Je me charge du guignol en travers du chemin !

Ce dernier était posté les jambes écartées, bien en évidence, et tirait sans souffler sur la Jeep. Le pare-brise vola en éclats, mais Bolan n'en continua pas moins sa course, fonçant droit sur la sentinelle. Quand celle-ci vit la voiture qui ne cherchait pas à l'éviter, elle sauta de côté, espérant trouver un refuge au-delà du talus. Mais la Jeep à son tour escalada le monticule, rattrapant l'homme qu'elle bouscula sauvagement sur le sol. Le tueur roula à terre, essayant encore de fuir, mais la Jeep déchaînée s'acharna sur lui, et deux de ses roues lui passèrent en travers du corps. Les occupants du véhicule entendirent alors un horrible grincement d'os et de chair broyés, mais Bolan poursuivit sa course, sans l'ombre d'une hésitation.

Pendant ce temps, Rose et York mitraillaient sans relâche la forêt dans la direction du cavalier. Celui-ci, de temps en temps, se retournait pour lâcher une rafale de balles. Il n'eut pourtant pas le dernier mot, car un tir appuyé de Rose l'éjecta de sa monture et il s'affala sur le sol avec un rugissement si terrifiant que son cheval prit peur, rua, se cabra, et partit au galop, piétinant au passage son cavalier qui déjà avait cessé de vivre.

On percevait à présent un bruit de moteur approchant entre les arbres. Bolan, sans rejoindre le sentier, appuya sur l'accélérateur pour foncer droit dans la forêt.

— Que faites-vous ? lança faiblement York.
— Tais-toi, Byron ! aboya Rose.
— Il nous conduit tout droit vers la rivière Alleghany, gémit York visiblement pris de panique.

Mais Bolan accélérait toujours, maintenant de son mieux la voiture sur le sol inégal, sinuant entre les arbres. Et de fait, on entendit bientôt le bruit de l'eau, non loin. Derrière, retentissaient le ronflement des moteurs des poursuivants ainsi que des hurlements et des cris de menace. Il fallait faire vite, à présent.

Les bois, soudain, se firent plus touffus encore et Bolan, freinant des quatre roues, ordonna :

— Maintenant, on file à pied !

— C'est bien ce que je craignais, grommela York.

— Grouille-toi, York ! lança Bolan. Si tes copains nous rattrapent, c'est sur toi qu'ils s'acharneront en premier. Tu les as trahis, n'oublie pas !

Tout en parlant, Bolan s'était retourné ; c'est alors qu'il vit le visage crispé de douleur de York, et sa main pressée sur son flanc d'où s'écoulait un sang noirâtre.

— T'es sévèrement touché ? s'enquit l'Exécuteur.

— Assez, oui.

Les moteurs se rapprochaient dangereusement. York eut un petit ricanement qui se transforma vite en spasme étouffé, mais il réussit à articuler :

— Laissez-moi derrière, et filez. Je saurai bien les retenir jusqu'à ce que vous ayez réussi à vous mettre à l'abri.

Sans répondre, Bolan remit son Beretta dans son baudrier, puis se penchant par-dessus la Jeep, en tira York qu'il balança sur son épaule. Suivi de Rose d'Avril, il s'enfonça au petit trot dans les bois.

Très vite, le terrain descendait en pente douce, et bientôt, Rose et Bolan distinguèrent entre les arbres de plus en plus clairsemés la berge caillouteuse de la rivière. Celle-ci, nommée d'après les célèbres montagnes qu'elle traversait, était un cours d'eau paisible et relativement régulier. La lune à présent l'inondait de sa clarté argentée. Bolan sentait le poids mou de Byron peser sur son épaule. York sans doute s'était évanoui. Sa blessure était probablement plus grave qu'il n'avait voulu l'admettre. Pourtant il ne fallait absolument pas qu'il meure ! Bolan avait besoin de lui vivant ! Il constituait le seul lien qui pouvait conduire l'Exécuteur jusqu'à cette mystérieuse Diligence Express et il était le seul, aussi, à pouvoir lui indiquer qui était le chef de convoi.

Une grêle de balles brûlantes crépita sur les cailloux de la berge où couraient maintenant Rose et Bolan. Rose pivota et répondit par une solide giclée de son Uzi ; elle entendit alors un hurlement de douleur, mais ne ralentit pas sa course pour autant. Bolan était dans l'eau à présent, car la berge se transformait brusquement en falaise, sans laisser de sentier au bord de l'eau.

— Où allons-nous ? souffla Rose, haletante, en pénétrant dans la rivière à son tour.

Et brusquement elle comprit.

Un peu en amont, niché tout contre la falaise, un minuscule canot à moteur était amarré, soigneusement recouvert de branchages. Bolan étendit d'abord doucement York au fond de la petite embarcation, puis grimpa à bord en maintenant le bateau immobile pour permettre à Rose d'embarquer à son tour.

L'Exécuteur actionna le démarreur et le petit moteur partit au quart de tour. D'un geste sec, Bolan fit sauter la corde d'amarrage et le bateau s'engagea dans le sens du courant pour gagner aussi vite que possible l'endroit où Bolan avait dissimulé sa voiture.

Les poursuivants jaillissaient des fourrés, maintenant, tirant aveuglément vers la rivière. Les balles ricochaient de toute part à la surface de l'eau. Rose, de son mieux, renvoyait le feu.

Derrière elle, la jeune femme vit un individu qui entrait dans la rivière, visant le bateau de son fusil semi-automatique. Elle fut plus rapide. L'Uzi cracha sèchement et l'homme plongea en arrière, son corps disparaissant presque instantanément, tandis que la moitié de son crâne flottait comme une mauvaise coquille de noix de coco ensanglantée.

Maintenant le gouvernail d'une main, Bolan sortit son Beretta de l'autre, et une nuée de 9 mm balaya la berge du cours d'eau. Puis la rivière décrivit une large courbe et le tir ennemi se tut.

— La falaise, à partir de là, devient impraticable, expliqua Bolan à sa passagère. Ils ne peuvent plus nous suivre.

Rose s'affala alors au fond du bateau, épuisée. Mais bientôt elle se redressait brusquement pour jeter un coup d'œil à Byron York, étendu à côté d'elle.

— Il y a un hôpital à une quinzaine de kilomètres au sud d'ici, lança Bolan à mi-voix.

Rose souleva doucement les paupières closes du blessé, puis appuya son index sur la veine, au creux de son cou, et sa voix frissonnait quand elle déclara enfin :

— C'est trop tard, Mack. Il est mort.

Leurs regards se croisèrent un instant, puis Mack soupira lentement :

— Vous parlez d'un Survivant ! Il s'est trompé de voie depuis le début ! La preuve ! ajouta-t-il en indiquant le cadavre d'un geste las.

CHAPITRE V

Le vieux Noir agita une main pour attirer l'attention de Rose :

— Alors, ma petite dame ! Un joli tatouage discret, ça ne vous dirait rien ?

Rose sourit, puis secoua négativement la tête.

— J'peux vous faire un dessin mignon, très féminin, vous savez ? reprit le Noir. Par exemple, une belle fleur de lotus sur votre jolie cuisse ! Votre mari, ça le rendra fou, vous verrez !

— Une autre fois, peut-être, lança aimablement Rose.

Le vieux haussa les épaules avec bonne humeur, et concentra à nouveau toute son attention sur le torse velu de son client. Dans sa main, la petite machine bourdonnait méchamment, tandis que l'aiguille par où coulait l'encre perforait régulièrement la peau, aussi méthodiquement qu'une machine à coudre. Une aile de dragon, bleue, pleine de volutes et de fioritures apparut lentement sur la peau du client.

— Vous avez trouvé quelque chose qui vous plaît ?

C'était Bolan qui venait se surgir dans le dos de Rose.

— Pas vraiment, sourit la jeune femme. Monsieur, ajouta-t-elle en indiquant le vieux Noir, me proposait de me tatouer une fleur de lotus sur la cuisse. Il m'a assuré que cela vous rendrait fou.

— Sûrement ! grinça Bolan.

— Croyez-vous que nous sommes au bon endroit ? s'enquit alors Rose, un peu nerveuse.

— C'est bien dans cet immeuble, en effet. Le Gymnase Goodey est au second étage. J'ai effectué une rapide reconnaissance des lieux : il y a un escalier de secours sur l'arrière de l'immeuble. C'est bon à savoir, au cas où nous devrions faire une sortie rapide. Vous êtes prête ?

Rose prit une profonde inspiration, avant de hocher la tête :

— On y va !

Et tous deux attaquèrent les escaliers.

Il s'était écoulé moins de douze heures depuis qu'ils avaient fui le maudit campement des Survivants. Douze heures, et pas mal de cadavres... Bolan et Rose avaient abandonné le cadavre de Byron York dans le petit canot, quelque part sur la rivière de Alleghany.

Tous deux avaient eu un instant d'hésitation en quittant le bateau pour rejoindre la voiture de Bolan. Rose, au moment de sauter à l'eau, avait jeté un ultime regard par-dessus son épaule, sur le corps sans vie de son ancien fiancé. Il semblait dormir, mollement allongé au fond de la petite embarcation, un bras nonchalamment passé au-dessus du plat-bord, traînant dans l'eau. Oui, on l'aurait facilement pris pour un pêcheur jouissant paresseusement de sa solitude...

Ils avaient ensuite rejoint la voiture, et Bolan avait démarré en trombe pour s'arrêter au premier téléphone public.

Hal Brognola avait écouté l'Homme de Pierre Numéro I sans l'interrompre une seule fois, et Bolan avait pu lui donner tous les détails de sa pénétration dans le camp des Survivants.

— Peux-tu nous débarrasser de ces tordus pendant un temps ? avait ensuite demandé Bolan.

— T'inquiète pas, répondit aussitôt Hal. La police locale va perquisitionner le camp. La plupart des gars seront bouclés pour le meurtre de Grayson Stummer, et nous nous chargerons de faire tenir tranquilles les autres.

Hal s'interrompit alors quelques instants avant de reprendre d'un ton las :

— Malheureusement je crains fort que la mission ne tourne court. Si York est mort, je ne vois pas qui va nous conduire à Dante. Il va falloir attendre qu'il réapparaisse au grand jour de lui-même.

— Pas forcément, fit Bolan.

— Que veux-tu dire ?

— Nous avons peut-être une autre piste.

— Eh bien alors, accouche, Casseur ! Qu'attends-tu ?

— Rose a surpris un nom. Nous ignorons pour l'instant à quoi il correspond exactement, mais Rose pense qu'il s'agit peut-être du chef de convoi.

— Chef de convoi ?

— Oui. Le gars qui organiserait la Diligence Express... un réseau de liaison clandestin qui permet aux individus en cavale de traverser les Etats-Unis du nord au sud et d'est en ouest, sans risquer d'être inquiétés. Avec bien sûr, des petites voies secondaires pour Mexico, Cuba, Hawaii, etc... Un truc assez dangereux mais qui apparemment fonctionne fort bien.

— Quel est le nom en question ?

— Newton. Gravity Newton.

— C'est une blague, ou quoi ?

— Pas du tout. Il s'agit d'un nom de ring. L'intéressé est boxeur de son état. Rose a entendu Dante et York parler de lui. Dante disait quelque chose comme : « Il faudrait quand même que Gravity trouve un moyen de sélection de ses passagers plus à la portée du commun des mortels. »

— Tu sais où le trouver, ce Gravity Newton ? s'enquit Brognola.

— Pas la moindre idée, rétorqua Bolan, mais si je me mets à faire ton boulot, où allons-nous ?

Harold eut un petit rire, puis :

— Donne-moi le numéro de ta cabine téléphonique et attends quelques minutes.

Les deux hommes raccrochèrent et cinq minutes plus tard, le téléphone public sonnait. Quelque part dans la nuit, un oiseau essaya en vain d'imiter la sonnerie, mais déjà Bolan avait décroché :

— Oui ?

— Wilkes-Barre, prononça Brognola, Gymnase Goodey.

— C'est noté. Autre chose ?

Le G'man resta quelques intants sans répondre, puis :

— Bon, on se retrouve en Californie, Casseur.

Et déjà, il avait raccroché.

En guise de plaque, quelqu'un avait accroché, sur le mur croûteux, le fond découpé d'une boîte à chaussures sur lequel était écrit au marker noir : « Gymnase Goodey — Second étage ». L'inscription était suivie d'une flèche montrant l'escalier, destiné sans doute aux clients trop bourrés pour comprendre où se trouvait le second étage. Au-dessus du carton minable était accrochée une superbe enseigne en bois sculpté, avec des fleurs, une croix catholique, une étoile de David, et un Bouddha grassouillet affichant un sourire amène.

— Ceux-là n'oublient personne, dirait-on, observa Rose d'Avril en pointant l'enseigne sculptée.

— C'est l'Eglise de l'Esprit Universel, murmura Bolan. Apparemment, leur salle se trouve de l'autre côté du gymnase.

Ils grimpèrent trois marches d'escalier, Rose s'arrêta, montrant à Bolan un trait grossier maladroitement gravé dans le mur lépreux, suivi de l'inscription : « Niveau de l'eau — 20 Juin 1972 — Merci, Agnès.

— Cela signifie quoi ? s'enquit la jeune femme.

— C'est un souvenir du cyclone Agnès qui a dévasté la région en 1972. La tempête a fait quelque cent trente morts, et a laissé plus de cent cinquante mille personnes sans abri. Les dégâts ont été considérables. Je crois qu'il y en eut pour plus de trois millions de dollars.

— Je me souviens maintenant, murmura Rose. Je suivais ma seconde année à l'université. J'avais dix-huit ans. Les journaux étaient remplis d'horribles photos montrant des maisons qui flottaient, et des pauvres gens que l'on récupérait en bateau.

— Ouais, et Wilkes-Barre a été presque complètement engloutie sous les eaux. Il aura fallu près de dix ans aux habitants pour reconstruire tant bien que mal leur ville.

Arrivés au second étage, Bolan et Rose entendirent les bruits étouffés de coups frappés sur des punching-bags, et l'écho de respirations haletantes, tandis que l'odeur se faisait forte, un peu rance, même. Une odeur de transpiration à laquelle se mêlaient de vagues relents de rage, de désespoir et d'épuisement.

Bolan serra le bras de Rose :

— Allons-y, murmura-t-il. Et n'oubliez pas, je vous veux sexy à mort.

Le gymnase Goodey était assez vaste, et bourdonnait d'activité, à cette heure de la journée. Une vingtaine d'hommes de tous âges cognaient, bugnaient, crochetaient dans des sacs de son recouverts de cuir, disposés un peu partout.

En traversant la salle, Bolan constata que tous ces boxeurs amateurs perdaient un peu de leur concentration en voyant passer Rose d'Avril. La jeune femme, il faut le dire, avait troqué son jean humide et son sweat-shirt de la veille, pour une jupe en coton et une blouse écossaise achetées dans un magasin bon marché. Mais en dépit de son accoutrement modeste, elle réussissait à avoir l'air d'une star. Ce n'était pas pour rien qu'elle avait payé ses études à l'université en faisant des photos de mode. Elle avait un corps superbe, très grand, très musclé — souvenir sans doute de l'époque où elle faisait partie de l'équipe de natation de son lycée — et qu'elle continuait à maintenir en forme grâce à ses séances de gymnastique, d'aérobic et de danse régulières. Non, Rose n'avait pas besoin de passer des jours sans manger pour avoir la ligne. Elle était mince, et son corps avait du tonus ; il lui était ainsi un outil sûr.

— Vous cherchez quelque chose ? s'enquit un bouddha grassouillet au crâne chauve, qui portait une chemise blanche douteuse avec de grosses auréoles sous les bras.

Tout en posant sa question, il se grattait la bedaine et dévorait Rose de ses yeux concupiscents.

— Qui est le patron de cette salle ? lui demanda Bolan.

Le bouddha mou fit un signe du menton vers la droite puis déclara :

— Frank Goodey. Le type au nez en ouvre-boîtes, dans la petite cage de verre, là-bas.

Puis regardant attentivement Bolan comme s'il le soupesait, il demanda :

— Vous êtes boxeur ?
— Cela m'arrive de temps en temps.
— Et je parie que vous êtes gaucher ?
— Quand il le faut, en effet.
— Vous me semblez tout de même un peu rassis pour ce sport, fit observer le bouddha.
— Et vous, un peu gras pour poser toutes ces questions, rétorqua Bolan du tac au tac.
— Eh mec ! intervint aussitôt une montagne d'adolescent d'une quinzaine d'années, en abandonnant son punching-bag. Attention à ce que vous dites ! Ce monsieur ici présent, ajouta-t-il

en indiquant le gros bouddha, c'est mon manager. J'vous laisserai pas l'insulter !

— Occupe-toi donc de ton entraînement, petit, lui lança sévèrement le gros. Et surveille-moi un peu ce gauche ! Combien de fois il faudra te le répéter ? Du punch dans le gauche, et cogne, cogne ! T'es pas ici pour cueillir des pâquerettes !

Bolan et Rose se dirigèrent vers la petite cage de verre, au fond de la salle. Bolan y pénétra seul. Une âcre odeur de vieux tabac rance le saisit à la gorge. L'homme au nez en ouvre-boîtes était assis derrière une table, cigarette au bec.

— C'est vous, Goodey ? s'enquit Bolan.

L'homme, en guise de réponse, se contenta de tirer une profonde bouffée de sa cigarette, sans même lever les yeux de son journal turfiste.

— Je cherche Gravity Newton, reprit Bolan.

L'homme daigna alors soulever une paupière adipeuse, secoua la cendre de sa cigarette dans un cendrier plein à ras bord, puis marmonna :

— Dix sacs.

Bolan glissa un billet sur la table.

Goodey n'y toucha pas, mais se tourna vers une étagère derrière lui et y prit une paire d'énormes gants de boxe, ainsi que tout un assortiment de bandelettes élastiques qu'il poussa vers Bolan, et ce dernier comprit alors que les dix dollars représentaient le prix de la location de l'équipement de boxe.

— Je suis seulement venu pour parler, essaya-t-il de protester.

— C'est pas mon problème, marmonna Goodey. C'est à Gravity de voir s'il veut vous causer ou pas. Mais quand on vient chez moi, c'est pour boxer, pas pour parler. Et moi, j'ai un loyer à payer.

Bolan prit les gants et les bandelettes avant de demander :

— Où est-il, Gravity ?

Goodey exhala un épais nuage de fumée bleue, et d'un geste, indiqua le ring. Deux adolescents en short de satin écoutaient religieusement les instructions d'un individu très basané debout près des cordes.

— L'entraîneur, c'est Newton, grommela Goodey.

— Merci, fit Bolan.

Sortant de la petite cage de verre muni de ses gants et de ses bandes élastiques, il rejoignit Rose pour l'entraîner avec lui vers le ring. Celui-ci était situé sur une plate-forme qui dominait la moitié de la salle.

— Nous n'avons guère de temps à consacrer aux préliminaires, murmura Bolan tout en dépliant une chaise de toile pour Rose. Tenez, asseyez-vous pendant que je vais l'aborder.

Rose s'installa et croisa les jambes, montrant un bout de sa longue cuisse fuselée. Bolan s'approcha de Gravity Newton.

— Vous êtes bien Newton ? s'enquit-il.

— Vas-y, Pablo, cogne ! lança le gars sans se préoccuper de Bolan. Cogne que je te dis ! C'est pas des caresses qu'on te demande, mais des gnons !

Il roulait fortement les « r ». Il se tourna enfin pour dévisager Bolan en fronçant les sourcils. Il paraissait jeune — moins de trente ans, sans doute — et son visage très brun avait quelque chose de sud-américain.

— Je ne vous connais pas, fit-il sèchement, avant de se retourner vers le ring.

— A toi, Tommy ! cria-t-il. Ton jeu de jambes, nom de Dieu ! Rapide ! Pas d'écart ! Esquive, Tommy ! Reste pas planté comme une lanterne !

Bolan avança vers le ring, et s'accouda aux cordes, près de Newton. Les deux hommes étaient à peu près de la même taille, et d'un calibre semblable. Bolan hésita un instant avant de hasarder :

— C'est un de mes amis qui m'envoie. Byron York. J'ai un petit voyage à faire, et Byron m'a dit de m'adresser à vous.

Newton se retourna et dévisagea Bolan de la tête aux pieds. Puis il indiqua les gants de boxe d'un geste du menton, avant de marmonner :

— Passez-les !

— Quoi, ça ? fit Bolan sidéré. Ecoutez, l'ami, il y a maldonne. Je suis seulement venu pour causer.

Gravity Newton eut un large sourire qui

découvrit deux rangées de dents parfaites, puis il écarta les cordes autour du ring, et y pénétra. Quand il se fut redressé, il déclara :

— C'est toujours là que je discute.

Bolan s'attendait à tout sauf à ça ! Tournant le dos au ring, il s'approcha de Rose :

— Il veut que je me batte, murmura-t-il à l'adresse de la jeune femme.

— Vous battre ? Mais pour quoi faire, bon Dieu ?

— Je suppose que c'est sa manière de sélectionner ses passagers pour sa Diligence Express. C'est peut-être pas une mauvaise idée, d'ailleurs, ajouta Bolan d'un ton grinçant.

Puis il enleva sa chemise, et se mit en devoir d'envelopper ses mains avec les bandes élastiques données par Goodey. Il en attacha les extrémités autour de ses poignets, puis passa les énormes gants de boxe rouges, avant de tendre ses mains à Rose :

— Nouez-les très serrés, s'il vous plaît, demanda-t-il.

Newton, pendant ce temps, avait chassé les deux adolescents du ring, et torse nu, il sautillait d'un pied sur l'autre dans un coin, faisant saillir ses muscles, histoire de les réchauffer. Il avait dans la bouche un morceau de plastique rouge pour protéger ses dents, qui lui donnait un sourire grotesque.

Les clients du gymnase commençaient à regarder en direction du ring, à présent. Deux s'en approchèrent, suant, soufflant, essuyant leurs visages inondés de sueur avec une serviette. Les autres bientôt les imitèrent.

— Il n'a pas l'air d'un tendre, ce Gravity, murmura Rose.

Bolan jeta un rapide coup d'œil à Newton, par-dessus son épaule :

— Ouais, admit-il, puis d'un bond rapide, il fonça sous les cordes pour pénétrer sur le ring.

A son tour, il se mit à sautiller d'un pied sur l'autre, étirant ses bras et ses jambes pour échauffer ses muscles. Ce n'était pas la première fois qu'il se trouvait dans un ring, mais la chose ne lui était pas arrivée depuis de nombreuses années. Depuis bien longtemps, en effet, la guerre était son seul sport, et l'enjeu n'était pas de gagner, mais de survivre.

— Prêt, señor ? lança Gravity Newton avec son fort accent sud-américain. Quand la cloche sonnera, on se retrouve au milieu.

— Combien de rounds ? s'enquit Bolan.

Newton éclata de rire :

— Autant qu'il en faudra, fit-il avec bonne humeur.

CHAPITRE VI

Plantés à chaque extrémité du ring, les deux hommes se dévisagèrent. L'air entre eux semblait vibrer de violence contenue.

Bolan s'efforça de respirer lentement, profondément. Il savait en effet que la respiration était l'un des principaux problèmes des boxeurs, sur un ring. Ceux-ci, souvent, se ruaient à l'assaut de l'adversaire, balançant des coups, en bloquant d'autres, et au bout de quelques minutes seulement, s'arrêtaient épuisés, car ils avaient tout simplement oublié de respirer correctement.

Le tintement aigre de la cloche résonna dans la salle. Les deux hommes gagnèrent le centre du ring. Bolan était nu jusqu'à la taille, exhibant un torse impressionnant de muscles, forgés dans le feu meurtrier de sa guerre quotidienne.

Mais Gravity Newton n'avait rien à lui envier. Sa peau plus sombre portait sans doute moins de cicatrices, mais les muscles saillaient, durs comme de l'acier, prêts à l'action. Le boxeur s'approcha par petits bonds, dansant vers son adversaire amateur.

Bolan esquiva facilement le premier coup de Newton, mais le second et le troisième arrivèrent beaucoup plus vite. Quant au quatrième, il ne le vit même pas venir, et le prit en plein front, trébuchant de quelques pas en arrière.

Un murmure s'éleva parmi les spectateurs, tandis que Newton marmonnait avec un étrange sourire :

— Vous êtes rapide, señor, mais peut-être pas tout à fait assez.

Bolan feignit un écart sur le côté, et balança un redoutable crochet du gauche juste au-dessus de la garde droite de Newton. Le jeune boxeur prit le coup sous l'oreille et se trouva légèrement déséquilibré. Mais sans laisser à Bolan le temps de recommencer, déjà il sautillait pour reculer sous l'avance de l'adversaire.

Celui-ci le poursuivit en travers du ring, espérant le coincer, mais ses jambes n'étaient pas aussi rapides que celles du professionnel, et il commençait déjà à s'essouffler. Bolan savait bien que jamais il ne battrait un boxeur de métier à l'endurance. Il ne possédait pas l'entraînement adéquat.

Newton s'adossa aux cordes, en parfaite position de défense : gants ramenés près du visage pour le protéger ; coudes collés au corps pour parer aux coups de l'adversaire. Bolan tenta quelques directs vers le visage de Newton, mais la garde du boxeur était parfaite, et les coups n'atteignirent pas leur but.

Bolan plongea donc pour passer sous les gants, visant la poitrine, mais là encore, les coudes de Newton bloquaient tous les coups.

Bolan saisissait bien la tactique du boxeur : il attendait que Bolan, à l'instar de tous les débutants sur un ring, s'épuise. Les boxeurs peu expérimentés, en effet, gaspillent toute leur énergie pendant les premières minutes du round, et très vite, épuisés, hors d'haleine, se laissent cueillir en beauté par l'adversaire qui, lui, est encore frais et dispos.

Comprenant qu'il ne réussirait pas à tromper la garde de Newton, Bolan recula jusqu'au milieu du ring et attendit. Newton le regardait entre ses gants.

Et brusquement le boxeur se mit en branle avec une incroyable agilité. Il avançait en sautillant de gauche à droite comme un extraordinaire danseur, et à force de coups imprévisibles, obligea Bolan à reculer jusque dans un angle du ring.

Bolan réussit à bloquer certains coups, tout en comprenant bien que Newton n'utilisait encore ni toute sa force ni toute sa vitesse. Quelques coups pourtant touchèrent Bolan sérieusement, puis un solide crochet du gauche parfaitement inattendu lui rejeta la tête en arrière. Il sentit alors la corde s'incruster dans son dos, tandis que Newton le pressait de plus près encore, lui bourrant le visage et le torse de coups redoutables.

Bolan aurait pu se contenter de rester dans le coin du ring, esquivant plus ou moins bien les attaques, en attendant la fin du round. Sans doute Newton aurait-il trouvé l'épreuve assez satisfaisante pour l'embarquer sur sa Diligence Express. Mais cela ne suffisait pas à l'Exécuteur. Il voulait être en position de discuter avec le chef de convoi, et savait que seul un combat courageux lui donnerait les moyens de tenir tête à son interlocuteur.

Il baissa brusquement le menton, bloqua un crochet de Newton, et se cabra en avant pour balancer un direct redoutable dans l'estomac de son adversaire. Son poing rebondit comme s'il avait heurté du marbre, mais Bolan recommença aussitôt, labourant le boxeur de ses deux poings. Au bout de quelques secondes, il sentit les muscles de Newton se relâcher, comme si ce dernier cherchait son souffle.

Newton essaya alors de se dégager, mais Bolan le maintenait coincé contre lui, et continuait de le bourrer de coups, sans lui laisser une chance de retrouver un équilibre sur ses jambes. C'était là une tactique peut-être un peu gauche, mais efficace : elle empêchait en effet le jeune boxeur d'utiliser sa force, sa vitesse et sa précision bien supérieures à celles de Bolan, pour mettre celui-ci K.O.

Newton tenta une fois encore de se dégager,

mais Bolan utilisa la force prodigieuse qu'il avait dans les jambes pour maintenir son adversaire contre les cordes, tout en continuant de le bourrer de coups. Là encore, c'était une façon de laisser les secondes s'écouler sans prendre trop de risques. Et il devait bien rester encore vingt secondes avant la fin du round...

Or, il pouvait s'en passer des choses en vingt secondes !

Newton brusquement réussit à échapper à Bolan et lui infligea deux sévères crochets au visage. Bolan sentit son menton se paralyser. Puis un direct du droit le prit à la base du cou, et il sentit une vertèbre cervicale grincer. Tout à coup, il était fatigué, infiniment fatigué... Newton sautillait autour de lui, lui décrochant sans arrêt des coups au visage. Bolan s'efforçait de maintenir sa garde en place, se protégeant le visage de ses poings, mais Newton avait de très longs bras, et visiblement savait s'en servir.

Puis soudain, mû par un ultime sursaut d'énergie, Bolan dégagea son bras gauche, et balança un terrifiant uppercut qui attrapa Newton sous le menton, lui claquant brutalement la bouche. Le boxeur, à son tour, fut projeté contre les cordes, en position de défense. Mais il n'y resta pas longtemps et, retrouvant son équilibre à la vitesse de l'éclair, il se planta à nouveau bien droit sur les deux jambes, pour faire face à son adversaire. L'expression de son visage semblait signifier qu'à partir de maintenant, il se battrait en professionnel, sans plus sous-estimer les compétences de son adversaire. Bolan ne put réprimer un sentiment d'admiration en voyant cet homme récupérer aussi rapidement d'un coup qui eût assommé bien d'autres individus en apparence plus costauds que lui. Mais les boxeurs, Bolan le savait, faisaient partie des athlètes les mieux entraînés du monde, et celui qu'il avait devant lui prenait son métier très au sérieux.

Bolan s'apprêtait à esquiver une attaque admirablement dirigée quand la cloche sonna la fin du premier round.

Newton hésita, se demandant visiblement s'il décidait de poursuivre le combat. Bolan attendit, levant ses poings au-dessus de sa tête, jambes écartées.

— C'est le premier que tu ne mets pas K.O. en moins d'une minute, rigola quelqu'un parmi les spectateurs. Qu'est-ce qui se passe, Gravity ? T'as perdu ton punch ?

Déjà les clients commençaient à se disperser pour reprendre leurs exercices interrompus par ce spectacle inattendu. Le bruit des coups dans les punching-balls reprit progressivement.

Bolan enjamba les cordes du ring pour rejoindre Rose à qui il tendit ses deux poings pour qu'elle dénoue les gants.

Il avait la respiration un peu haletante, et son torse luisait de transpiration. Newton, de l'autre côté du ring, ne semblait pas fatigué le moins du monde.

— Ça va ? s'enquit Rose en s'efforçant d'afficher une sérénité qu'elle était loin de ressentir.

— A peu près, murmura Bolan. J'ai réussi à ne pas me faire massacrer : c'est déjà mieux que rien.

Tout en parlant, il commençait de défaire les bandelettes qui lui entouraient les mains, le dos délibérément tourné à Newton, et demanda à voix basse à Rose :

— Que fait-il à présent ?

— Il vient dans votre direction, murmura la jeune femme.

Bolan ne se retourna pas, agissant comme s'il n'entendait pas le bruit de pas qui approchait. Quand Newton fut tout près, alors seulement il releva la tête des bandelettes trempées de sueur qu'il roulait soigneusement.

— Nous pouvons parler, maintenant, señor, fit Newton avant de s'éloigner.

Rose et Bolan le suivirent. Au passage, Rose attrapa la chemise de Bolan restée sur un dossier de chaise, et la tendit à son compagnon.

Derrière Newton, ils traversèrent rapidement la salle d'entraînement, et Newton s'arrêta tout au fond, dans un coin où se trouvait du vieux matériel hors d'usage. Deux fenêtres crasseuses donnaient sur un mur, et entre elles se trouvait un antique conditionneur d'air Zénith transportable, bien trop vétuste et insuffisant pour être utile dans une salle aussi vaste. Newton pourtant appuya sur le bouton de mise en marche, et la vieille machine s'ébranla avec un ronflement si puissant que les vitres des fenêtres en vibrèrent.

— Goodey loue la salle du fond à l'Eglise de l'Esprit Universel, expliqua le boxeur. Comme ils n'ont pas payé leur loyer le mois dernier, il leur a pris leur conditionneur. Pas qu'il en ait l'usage, bien sûr, mais pour lui, c'est une question de principe.

— C'est Byron York qui nous envoie, attaqua Rose d'Avril. Nous le connaissons par...

Newton la coupa aussitôt en étendant les mains devant lui :

— Je ne veux rien savoir de vous, fit-il.

— Et vous consentiriez tout de même à nous aider ? s'enquit anxieusement Rose.

— Oui.

— Sans explication, sans rien ? fit Bolan visiblement surpris.

— Bien sûr, sourit Newton, puisque vous avez passé l'épreuve de la boxe avec succès. Voyez-vous, reprit-il, les gens ne sont jamais ce qu'ils prétendent être, et vous réservent toujours des surprises. Me croirez-vous si je vous dis qu'à une époque de ma vie, j'ai été prêtre ?

Rose parut choquée, mais garda le silence, et Newton poursuivit :

— C'est pourtant la vérité. Je vivais encore dans mon pays, le Salvador. Pendant des années, le clergé y a été persécuté parce que l'Eglise s'efforçait de dénoncer le gouvernement corrompu de Duarte, d'abord, puis de Borjo ensuite. En 1981, plus de treize mille civils ont été tués. Pour moi, l'horreur avait dépassé les limites du supportable. Un prêtre américain m'a aidé à passer la frontière pour me réfugier ici. Mais quand il est retourné au Salvador pour aider d'autres prêtres à s'évader à leur tour, il a été pris, et on l'a pendu. Il s'appelait Père Frank Newton. En souvenir de lui, j'ai adopté son nom.

— Vous êtes un très bon boxeur, fit observer Rose.

— Je suis surtout un combattant, et l'ai toujours été. Je me suis battu autant contre nos gouvernements corrompus que contre les communistes. Je voulais que le Salvador appartienne à son peuple, et pas à des banquiers ou à des communistes.

— Vous avez dû vous sentir bien solitaire dans votre lutte, murmura Bolan.

— J'ai toujours eu de très bons rapports avec les petites gens, répondit Newton en haussant les épaules avec résignation. Et depuis que je suis ici, j'entraîne les jeunes sur le ring. C'est une façon comme une autre de les empêcher de traîner dans la rue.

Bolan le regarda alors droit dans les yeux avant de demander :

— Et votre travail de chef de convoi ?

— Cela aussi est mon devoir, répliqua imperturbablement Newton. Mon devoir envers ceux qui veulent s'exprimer librement quand bien même ils se dressent contre le gouvernement en place. C'est pour cela que je ne veux rien savoir de vous. Votre passé, votre présent, votre avenir ne m'intéressent pas, et je me moque du dieu que vous vénérez. Je veux seulement que vous puissiez proclamer votre foi, si vous en avez envie. Et ne croyez surtout pas que je sois contre votre pays. Le gouvernement des Etats-Unis a été très bon pour moi, puisqu'il m'a donné le droit d'asile. Mais j'ai la conviction qu'un pays, même aussi puissant que le vôtre, tomberait vite en décrépitude s'il n'y existait plus la liberté de s'opposer aux institutions existantes. Je fais ici ce que le Père Newton s'efforçait de faire au Salvador. Et je prends les mêmes risques que lui.

— Vous êtes un homme très courageux, soupira Rose.

Newton sourit :

— Tout comme votre ami, il me semble. Et il a fait preuve de beaucoup de cran en acceptant de monter sur le ring. La plupart des gens refusent de le faire ; alors à mon tour, je refuse de les aider. Car il faut être prêt à risquer quelque chose pour ce que l'on croit, sinon, à quoi bon croire ?

— Comment avez-vous choisi ce prénom de Gravity ? s'enquit alors Rose d'Avril.

— C'est Goodey qui en a eu l'idée. Il disait

que les gens n'auraient aucun mal à se souvenir de mon nom, car, m'a-t-il expliqué, c'est un certain Newton qui a découvert la loi de la gravité.

Newton fouilla alors la poche de son pantalon de training et en sortit un morceau de papier plié en quatre qu'il tendit à Bolan :

— Voilà l'adresse dont vous avez besoin.

Bolan glissa le papier dans sa poche sans le déplier, et remercia Newton.

— Je vous souhaite un bon voyage, fit celui-ci en souriant.

— Merci. Nous allons essayer de retrouver notre ami, J. D. Dante, lança le plus naturellement Bolan.

Newton pivota d'un bond et regarda son interlocuteur, les yeux écarquillés :

— Votre ami, dites-vous ? souffla-t-il.

— Oui. Savez-vous où nous aurions une chance de le rejoindre ?

— Je ne veux pas vous poser de question ni mettre en doute votre bonne foi, déclara lentement Newton ; et je ne vous révélerai pas non plus ce que m'a confié votre ami : ce serait agir contre mes principes les plus fondamentaux. Mais laissez-moi tout de même vous donner un conseil : méfiez-vous de ce type. Il est dévoré par la fièvre du mal et de la mort.

— Nous nous en souviendrons, lui promit gravement Bolan.

CHAPITRE VII

— Vous êtes ici pour participer au championnat de plongée de Williamsport ? s'enquit-elle.

Bolan se retourna brusquement tenant toujours à la main les palmes de caoutchouc bleu marine qu'il examinait avec attention.

— Pardon ? fit-il.

— Vous savez bien, reprit la fille, ce grand concours de plongée qui se tient ici tous les ans. Les amateurs viennent du monde entier pour y participer. Or nous avons dans l'ensemble une clientèle très fidèle, et comme je ne vous ai encore jamais vu dans le magasin, je pensais que vous étiez peut-être de passage à l'occasion du championnat.

— C'est vrai, fit Bolan, je me souviens, à présent.

Elle écarta une mèche de cheveux roux qui lui barrait le front et sourit. Son visage adorable était constellé de taches de rousseur. Elle portait un short kaki ultracourt et très moulant avec un tee-shirt bleu où était inscrit le nom du magasin : Chez Davey Jones, le vieux plongeur. Le tee-shirt était trop petit d'au moins deux tailles pour elle.

Bolan et Rose continuèrent d'évoluer dans le magasin, s'intéressant au matériel exposé : fusils-harpons de toutes sortes, à ressort, à détente, à air comprimé, masques, palmes, lunettes, pince-nez, décompresseurs, etc... Au fond de la boutique, un jeune homme avec une barbe frisottée enregistrait une vente, puis glissa une paire de palmes dans un sac de plastique qu'il tendit à une adolescente. Il n'y avait pas d'autre client dans le magasin.

Rose s'approcha du rayon des combinaisons de plongée, et lut avec attention la notice d'un modèle Seafarer, puis Bolan lança à l'adresse de la fille rousse au tee-shirt trop petit :

— Vous avez là un stock impressionnant ! Et les meilleures marques, avec ça. Où pêche-t-on, par ici ?

— Nous avons deux ou trois coins de pêche très réputés, répondit la mignonne. D'abord la rivière de Susquehanna attire pas mal d'amateurs, et puis tous les lacs, autour de la ville. La plupart des plongeurs de Williamsport sont membres de notre club de plongée, le Nautilus.

— C'est intéressant, fit Bolan. Je suppose que ce club organise des excursions un peu partout.

— Bien sûr ! Une fois même, nous sommes allés jusqu'aux Bahamas pour pêcher.

— Vous arrive-t-il d'aller en Californie ? Il paraît que la pêche y est excellente, reprit Bolan.

— Nous avons en effet organisé plusieurs voyages sur la Côte Ouest, admit la fille, et Bolan eut l'impression qu'elle était un peu sur la défensive, tout à coup.

— Vous n'envisageriez pas d'en organiser un bientôt ? s'obstina-t-il.

— Peut-être. Pourquoi cette question ?

— Je me demandais si nous ne pourrions pas, mon amie et moi, expliqua Bolan en indiquant Rose, nous inscrire temporairement à votre club.

La jeune fille rousse parut perplexe :

— Je ne comprends pas, fit-elle. Je croyais que vous n'habitiez pas Williamsport ?

— Cela ne nous empêche pas de vouloir nous inscrire au Nautilus Club, sourit Bolan. Nous souscririons une inscription d'une semaine ou deux seulement, juste le temps d'un voyage en Californie.

— Si vous tenez tant à pêcher sur la Côte Ouest, pourquoi ne pas prendre un avion et y aller tout seuls ?

— Il est beaucoup plus amusant de pêcher avec un groupe de gens aussi passionnés que nous, sourit Bolan. Mon amie et moi n'aimons pas les plaisirs solitaires.

La fille haussa les épaules avant de déclarer :

— Si vous êtes vraiment intéressés, tous les

deux, je puis en parler au patron. Mais cela vous coûtera certainement plus cher de partir en Californie avec le club que de vous y rendre par vos propres moyens. Il y a des droits d'inscription, la participation au matériel, et tout le bazar.

— Nous sommes prêts à payer, fit Bolan en la regardant dans les yeux.

Il crut la voir rougir légèrement, et très vite elle se détourna :

— Je vais demander au patron, lança-t-elle.

Elle écarta rapidement un joli filet de pêche qui dissimulait une porte par laquelle elle s'éclipsa. Rose alors se rapprocha de Bolan :

— Que se passe-t-il ? murmura-t-elle.

— Je crois que j'ai établi le contact, chuchota Bolan.

— C'est le bon endroit, vous croyez ?

— Pas impossible, et pas mal trouvé, je dois dire. Dans un magasin comme celui-ci, les clients font davantage attention au matériel exposé qu'à la tête des gens qui s'y trouvent.

A cet instant, le téléphone de la caisse bourdonna. Le jeune homme à la barbe frisottée était occupé à ranger sur une étagère des poignards de plongée par ordre de taille. Il interrompit sa besogne pour s'approcher de la caisse et décrocher l'appareil.

— Oui ?... D'accord.

Et il raccrocha pour se tourner vers Bolan et

Rose avec, sur le visage, une expression de profond ennui.

— C'est vous les clients intéressés par le Club Nautilus ? demanda-t-il.

— Oui, répondit Bolan.

— Vous avez une carte de crédit ?

— Non. Nous paierons en liquide.

— Eh bien, suivez-moi, fit le gars qui disparut par la porte derrière le filet.

Bolan et Rose obéirent, et traversèrent d'abord la réserve encombrée de matériel volumineux. Puis le vendeur tourna à angle droit derrière un présentoir, et Bolan et Rose l'imitèrent aussitôt pour s'arrêter brusquement, figés sur place.

Devant eux se tenaient la vendeuse rousse, le jeune homme à barbe frisottée et un grand Noir.

Tous trois tenaient des fusils-harpons armés dont les tridents étaient dirigés droit sur Rose et Bolan.

— Un pas de plus, et vous êtes morts tous les deux, fit la fille rousse.

CHAPITRE VIII

Larry Strohman, surnommé le « Pisseur », transportait précautionneusement le téléphone depuis la cuisine, à travers le patio, pour le poser au bord de la piscine :

— Voilà l'appareil, comme tu me l'as demandé, J. D., fit-il.

Au milieu de la piscine, avachi sur un matelas pneumatique, J. D. Dante prenait le soleil. Il portait une visière blanche placée bas sur le front, tenait de la main droite un daïquiri à la banane beaucoup trop douceâtre, et dans sa main gauche, un joint à demi consumé. Il en aspira une profonde bouffée qu'il garda quelques instants dans sa bouche avant de l'exhaler avec une moue de profond dégoût :

— Qui c'est qui t'a refilé cette merde, Pisseur ? lança-t-il hargneux à l'adresse de l'intéressé, tout en balançant le joint dans la piscine. On dirait que t'as fait sécher la merde de ton chien avant de la moudre pour me la faire fumer !

Pisseur secoua la tête avec véhémence :

— N... Non, bredouilla-t-il, mais c'est le seul foin qu'on peut se procurer dans ce trou, J. D. Mon fournisseur le fait pousser lui-même sur un bout de terrain qu'il a loué à des péquenots, paumé au milieu de champs de blé.

Dante éclata d'un rire mauvais :

— Champs de blé ! s'exclama-t-il. T'es vraiment trop débile, mon pauvre Pisseur !

Sur ces mots, il avala le reste de son daïquiri, et jeta brutalement le verre par-dessus son épaule. Celui-ci fit floc dans l'eau, avant de disparaître. Dante souleva ensuite le Colt .45 M-1911 qui reposait sur sa poitrine, et se gratta les poils avant de remettre religieusement l'arme sur sa peau. Car J. D. Dante aimait à sentir le contact d'armes à feu tout contre lui. Généralement, il en portait au moins trois ou quatre. De l'avis de ceux qui le connaissaient bien, il ne s'en séparait jamais, ni pour manger, ni pour dormir, ni pour aller aux toilettes, ni même pour faire l'amour. Et l'on soupçonnait fort que cette manie, bien que saugrenue, lui était surtout fort utile.

— Reste donc pas planté là comme un con, Pisseur, aboya-t-il méchamment. Tu me l'apportes, oui ou merde, ce maudit téléphone ?

Pisseur tira le fil qui serpentait en travers du patio, reprit l'appareil, et entreprit de faire le tour de la piscine ; puis il s'allongea sur le rebord de béton, et tendit aussi loin qu'il le put l'appareil en direction du matelas pneumatique. Dante avança une main paresseuse, sans même chercher à attraper l'engin.

Il claqua dans ses doigts avec impatience :
— Tu vois bien qu'il est trop loin, rugit-il.
— Je ne peux pas faire mieux, J. D., gémit Pisseur. Approche un peu ton matelas !

Dante leva la tête, les yeux scintillants de fureur :
— Tu ne vas tout de même pas me donner des ordres, gros porc ! glapit-il. Je t'ai dit ce que je voulais ; à toi de te démerder et en vitesse encore !

Et s'emparant de son .45, il en pointa le canon sur la braguette de Pisseur.
— Grouille-toi, espèce de limace ! marmonna-t-il.

Pisseur, transportant toujours le téléphone, fit à nouveau le tour de la piscine pour gagner les marches qui descendaient dans l'eau. D'un geste rapide, il ôta ses somptueux mocassins en croco, et pénétra dans l'eau sans se soucier de son superbe costume en alpaga, fait sur mesure à grands frais. Il était habitué à se faire traiter ainsi. Quinze ans plus tôt, quand il était étudiant à l'université de Columbia, on l'avait affublé de cet horrible surnom de Pisseur, car il saignait du nez pour un oui, pour un non. Pas qu'il se mêlât à des bagarres comme le faisaient beaucoup d'étudiants, mais son nez se mettait à pisser du sang dès qu'il ressentait la moindre émotion. Il fréquentait alors les mouvements d'extrême droite, et était vite devenu la risée de tous ses camarades activistes. Mais ceux-ci le toléraient pourtant, car il était très riche et se laissait exploiter éhontément sans renâcler : c'est lui qui payait toutes les banderoles, les affichettes, les tracts, et même les tee-shirts portant le nom du mouvement. Pisseur savait bien pourquoi les extrêmistes de droite le gardaient avec eux, mais il s'en moquait. Il avait l'impression d'avoir enfin trouvé une famille.

Il avait à présent de l'eau jusqu'à la taille, et portait le téléphone sur sa tête, prenant d'infinies précautions pour que le fil ne touche pas l'eau.

— Arrête de faire dans ton froc, grinça J. D. Tu sais bien que cet engin ne contient pas assez d'électricité pour que tu risques l'électrocution !

— Je sais bien, J. D., fit nerveusement Pisseur.

— Maintenant, donne-le-moi, fit Dante en s'emparant sauvagement de l'appareil.

Et aussitôt, il composa un numéro qu'il était le seul à connaître. La sonnerie retentit deux fois, puis :

— Allô ? fit une voix avec un léger accent étranger, mâtiné d'intonations très britanniques.

— C'est moi, annonça Dante. La ligne est claire ?

— Oui, mais il serait plus prudent d'observer

les précautions élémentaires, répliqua son interlocuteur.

— Arrêtez votre char, Zossimov, et cessez de prendre des airs importants, rugit Dante. Je sais fort bien ce que j'ai à faire.

— Je n'en doute pas, répliqua Zossimov d'un ton conciliant, car autrement, nous ne travaillerions pas ensemble, n'est-ce pas ?

— Cessez donc de dire des bêtises ! coupa rageusement Dante. Si nous travaillons ensemble, c'est parce que nous y trouvons notre intérêt, l'un et l'autre. Après ce festival de l'horreur, vous pourrez faire une belle petite publicité pour l'Occident libre et pacifiste dans votre saloperie de Pravda ; quant à moi et mes Weathermen, nous aurons enfin accès à la puissance politique à laquelle nous avons droit.

— J'admire votre optimisme, mon ami !

— Optimisme, mon cul ! Je vous le répète, Zossimov, je sais ce que je fais. Et dans cette affaire, la seule chose importante c'est de savoir choisir le bon moment. Nous savons tous que notre pays se casse la gueule ; l'économie part en couille, le chômage est dramatique, et empire tous les jours, et nous commençons à déconner en Amérique du Sud, exactement comme nous avons déconné au Viêt-nam. Quant à nos relations avec votre pays, elles se dégradent si vite qu'un de ces quatre matins, nous allons nous réveiller avec une bombe de fabrication russe sous les fenêtres de la Maison Blanche ! Mais dimanche, le cercle infernal va sauter, Zossimov. Vous et moi le savons !

— C'est bien possible en effet. Quoi qu'il en soit, je me suis occupé des détails matériels dont nous avions parlé lors de notre dernière entrevue. Tout sera en place pour votre arrivée en Californie. A ce propos d'ailleurs, avez-vous déterminé votre itinéraire ?

— A peu près, oui. Je veux m'arrêter dans plusieurs villes importantes pour faire quelques meetings. Je veux que mes sympathisants soient remontés à bloc, car le festival de dimanche ne sera que le début de notre action révolutionnaire au grand jour. Dorénavant, les Weathermen se livreront à une attaque massive, au moins, par semaine. Les explosifs sont prêts et les cibles choisies, des édifices publics pour la plupart : palais de justice, commissariats de police, écoles.

— Ecoles, dites-vous ? le coupa Zossimov.

— Ouais, des écoles. Il est grand temps que les Durand et les Dupont de ce pays comprennent que la révolution est à leur porte, et voient enfin couler du sang tout frais.

— C'est une méthode efficace, en effet, murmura Zossimov.

— Et qui n'a pas de quoi vous étonner, il me semble, rugit Dante qui fit pourtant un effort pour se calmer.

Il n'était pas de son intérêt que Zossimov le prenne pour un hystérique.

— Quels sont les chiffres auxquels vous êtes arrivés ? s'enquit-il encore d'une voix radoucie.

— Le nombre de spectateurs attendus s'élève à quatre cent mille, à peu près, reprit paisiblement Zossimov. Compte tenu de l'emplacement stratégique des charges d'explosif et de certains détails dont nous avons parlé lors de notre dernier entretien, il faut s'attendre à environ dix mille blessés.

— C'est parfait, et n'oubliez pas, j'aime mieux les blessés que les morts. Les premiers, quand ils restent handicapés à vie, sont des souvenirs vivants de l'horreur, tandis que l'on a tendance à oublier les morts.

— Je vois décidément que vous pensez à tout, observa Zossimov.

— Vous parlez ! Voilà des années que je prépare mon coup ! Et je vous le répète, dimanche ne sera que le commencement.

— Eh bien, c'est parfait. Nous nous retrouvons dimanche, comme convenu, n'est-ce pas ?

— Comme convenu, oui, fit Dante, et il raccrocha.

Il tendit brutalement le téléphone à Pisseur, qui attendait tout habillé dans la piscine avec de l'eau jusqu'à la taille.

— Quel con, ce russe ! s'exclama-t-il. Il est encore plus débile que toi !

— Je... je ne comprends pas, bredouilla Pis-

seur, je croyais qu'on faisait l'opération avec lui.
— On travaille pour nous, mon vieux, ne l'oublie jamais, lui répondit Dante d'une voix de marbre.

Pisseur sortit alors de la piscine pour ramener le téléphone à la cuisine. Il sentait son nez le picoter. C'était mauvais signe...

Fyodor Zossimov reposa le combiné pour le soulever à nouveau quelques secondes plus tard. Il écouta d'abord le grésillement électronique des différents brouilleurs, puis satisfait, composa un numéro. Il entendit alors les relais successifs se mettre en branle, puis une voix impersonnelle prononcer un seul et unique mot :
— Parlez.
— Ici Zossimov. J'ai établi le contact.
— Alors ?
— Le client ne se doute de rien. C'est un homme intelligent mais dangereux et impulsif comme un enfant. Tout devrait fonctionner comme prévu. Dans deux jours, le peuple américain connaîtra le plus grand massacre de son histoire. Je prévois plus de dix mille morts et près de trente mille blessés.
— Parfait, Zossimov. Voilà une mission qui me paraît prometteuse. Sans doute le plus grand succès de votre carrière.
— Merci, Monsieur, soupira Zossimov en s'efforçant de garder un ton plein d'humilité, et

soulagé que son supérieur ne puisse pas voir son petit sourire satisfait.

Car Zossimov avait déjà entamé les négociations avec les chefs de son supérieur, et dès sa mission accomplie, il rentrerait à Moscou prendre la place de l'homme auquel il parlait au téléphone. Celui-ci serait alors transféré dans quelque obscure ville reculée, bien loin de Moscou, ou peut-être même jeté en prison. Zossimov du reste s'en moquait bien, mais il s'entendit pourtant ajouter d'une voix mielleuse :

— Vous savez comme j'apprécie votre compliment, Monsieur.

— Merci, Zossimov. Vous êtes depuis longtemps un de mes meilleurs agents, et certainement mon préféré. Cette fois-ci, je crois que vous pourrez voler de vos propres ailes.

— En effet, songea Zossimov en riant sous cape.

— Eh bien bonne chance, Zossimov, reprit son supérieur, de l'autre côté du rideau de fer. *Do svidania.*

— *Do svidania,* répliqua Zossimov en raccrochant.

Il éloigna le téléphone et se balança doucement dans le fauteuil de sa chambre de motel. Dans deux jours, la fête commencerait. Et il coulerait alors assez de sang pour le refouler sans effort jusqu'au 2, Dzerzhinsky Square, le siège du K.G.B. Et de ce jour, Zossimov

cesserait d'être l'un des sept cent mille agents secrets sans visage.
Dans deux jours seulement...
Quand on commencerait à recenser les morts, et à identifier les blessés défigurés...

CHAPITRE IX

La jolie rousse tenait son fusil-harpon à deux mains, bien calé devant elle :
— Donnez-nous donc une bonne raison de ne pas vous transformer en shish kebab, lança-t-elle, hargneuse.

Bolan, tant bien que mal, se tortillait pour se glisser devant Rose et la protéger ainsi des tridents meurtriers pointés sur eux. Tour à tour, il dévisagea les trois individus devant lui, tandis que son cerveau fonctionnait à toute vitesse.

Le blondinet à moustache frisottée était un peu crispé sur son arme et ses doigts semblaient poisseux de transpiration.

La rousse, en revanche, paraissait très à l'aise. Plantée entre les deux hommes, elle tenait son fusil avec beaucoup de sang-froid, et visiblement n'hésiterait pas à s'en servir, car ce n'était certainement pas la première fois qu'elle se trouvait dans ce type de situation.

Mais c'était surtout le grand Noir qui inquiétait Bolan. Son regard cruel passait sans arrêt de

Bolan à Rose, comme s'il essayait de décider de leur sort. A l'évidence, c'était lui le chef.

— On vous a posé une question, qu'attendez-vous pour répondre ? rugit le blondinet dont la voix tremblait, tant il était nerveux.

— Ferme ta gueule, Baby John ! fit sèchement la rousse, et se tournant vers le Noir :
T'en penses quoi, Detroit ?

Detroit regarda encore Bolan en plissant ses petits yeux porcins. Son visage d'ébène était constellé de minuscules cicatrices blanches, un peu comme du blanc d'œuf coagulé. Il portait une combinaison de jogging bleu marine avec une large bande orange le long des bras et des jambes. La fermeture Eclair de la veste était ouverte jusqu'au nombril, et Bolan vit qu'il avait les mêmes petites cicatrices blanches sur la poitrine.

— J'aime pas la gueule de ce grand con, soupira enfin Detroit en se détournant pour s'éloigner. Liquidez-les tous les deux. Pas la peine d'attendre.

Baby John leva son fusil-harpon pour l'épauler, pointant son trident sur Rose d'Avril. La rousse en fit autant pour viser Bolan, et Detroit s'éloigna. Il portait de superbes chaussures de jogging Nike, qui crissaient sur le sol en ciment.

— Nous avons de l'argent, lança Bolan pour tenter de le retenir. C'est là, je crois, la meilleure raison de ne pas nous tuer.

Detroit hésita et finit tout de même par se retourner :
— T'as dit quoi, exactement ?
— Que nous avions de l'argent.

Detroit ne revint pas sur ses pas pour autant, mais s'immobilisa, et Bolan poursuivit :
— Mon amie et moi cherchons à gagner la Côte Ouest sans être inquiétés.
— Vraiment ? ricana Detroit. Malheureusement je ne suis pas Humphrey, ta copine n'est pas Ingrid Bergman, et nous ne sommes pas à Casablanca, si tu vois ce que je veux dire. Alors pas la peine de t'essouffler pour rien.
— C'est un pote à nous qui nous a dit de nous adresser à vous. Byron York.

Detroit fit entendre un petit rire plein de mépris :
— Ne me parle pas de cette enflure, tu veux ? Depuis qu'il s'est mis en cheville avec sa bande d'illuminés pour vivre en écolo au fin fond de la forêt, il ne vaut plus rien, ton ami. Mais j'attends toujours que tu me parles pognon. Grouille-toi, tu veux, Trou du cul !
— Byron York nous a dit que quelque milliers de dollars risquaient de vous intéresser.
— Ça veut dire quoi exactement « quelque » ?

Bolan se gratta pensivement le menton :
— Disons cinq mille.

Detroit éclata d'un rire sardonique :
— Et tu pensais me faire bander avec cinq

mille dollars ? Tu n'y es pas, Trou du cul, pas du tout !

— Que penseriez-vous de dix mille ? reprit paisiblement Bolan.

Pendant quelques secondes, Detroit actionna la fermeture Eclair de sa veste, puis enfin leva la main, pour attirer l'attention de la rousse avant d'aboyer :

— Amenez-les !

La rousse fit signe à Bolan et à Rose d'avancer. Bolan laissa passer Rose et la suivit pour s'interposer entre elle et le harpon de la fille, qui fermait la marche.

Ils traversèrent deux vastes pièces servant aussi de réserves, puis empruntèrent un petit escalier branlant. Arrivé au premier étage, Detroit sortit de sa poche un trousseau de clés et déverrouilla une porte. Puis il entra ; et les autres l'imitèrent.

Ils se trouvaient à présent dans un vaste appartement très luxueux, au-dessus du magasin et des trois réserves. Par les fenêtres voilées de rideaux de mousseline, Bolan reconnaissait la rue par laquelle il était arrivé au magasin du Vieux Pêcheur avec Rose, un peu plus tôt.

— Vous êtes Davey Jones, j'imagine ? fit-il à l'adresse de Detroit.

— Assieds-toi donc Jack, fais comme chez toi, ricana celui-ci en guise de réponse.

Bolan et Rose se laissèrent tomber sur un canapé. Detroit appuya son fusil-harpon contre un mur, et s'adressant à ses deux comparses, ordonna :

— Fouillez-les. Et si l'un des deux veut jouer au petit malin, fourrez-lui un trident dans le bide !

De la sueur perlait au-dessus de la lèvre de Baby John, quand, collant la pointe de son trident sur la poitrine de Bolan, il palpa ce dernier tout du long, avec sa main libre. Bolan ne fit pas un mouvement, se contentant d'admirer son arme : c'était un fusil à air comprimé de marque Mares, le meilleur actuellement disponible sur le marché, doté d'une puissance de 30 % supérieure à celle des anciens fusils sous-marins à détente élastique. Un joli engin, en vérité.

— C'est tout, lança enfin la rousse en exhibant le Beretta 93-R qu'elle avait déniché dans le grand sac fourre-tout de Rose.

Detroit eut un sourire mauvais et s'assit dans un fauteuil canné en face de Bolan et Rose, avant de murmurer :

— Mignon joujou... mais revenons à nos moutons.

— Combien voudriez-vous ? s'enquit aussitôt Bolan.

— Pour quoi, exactement ?

— Pour nous faire gagner la Californie sans encombre. Nous avons un bateau à prendre à San Francisco.

Detroit étendit posément ses mains en avant, puis lança avec un sourire sournois :

— Il y a maldonne, je le crains, mon vieux. Nous ne sommes pas une entreprise commerciale. Nous faisons de la politique.

Bolan jeta un coup d'œil circulaire à la pièce notant le luxueux poste de télé couleurs Sony avec magnétoscope, la chaîne stéréo hypersophistiquée Pioneer, et le matériel d'enregistrement dernier cri, Sony également ; puis il soupira :

— Je vois en effet que vous n'avez pas des goûts de luxe.

Detroit fit alors entendre un rire grinçant :

— Ce que tu vois là n'est que notre façon de gérer les caisses de l'ennemi. Car nous faisons de la recherche, mon vieux ! Si nous étions en société, tout le matériel qui te fait baver serait déductible de notre déclaration de chiffre d'affaires, et nous ne paierions pas d'impôts sur sa valeur, tant que tout ne serait pas amorti. Pas vrai, Al ? ajouta-t-il en clignant de l'œil à l'adresse de la rousse.

Celle-ci hocha la tête, et Detroit poursuivit :

— C'est qu'Allison ici présente n'est pas seulement une nana bien roulée. C'est vrai qu'elle a de jolies jambes, et un petit cul à croquer, mais elle est également notre cervelle financière ! Je me demande ce que nous ferions sans elle !

Et Detroit éclata d'un rire ignoble comme si sa phrase avait un double sens que lui seul pouvait comprendre.

— C'est bon, fit Bolan. Comme je vous l'ai dit, nous sommes prêts à apporter une contribution relativement importante à votre mouvement politique.

— Qu'entendez-vous par « relativement importante » ?

— De l'ordre de douze mille dollars. Je vous avouerai que c'est notre dernier mot.

— Dis donc, l'ami, tu ne me sembles guère en position de discuter le bout de gras, non ? aboya Detroit. Alors ne viens pas me parler de ton dernier mot ! Je me le fous au cul, moi, ton dernier mot !

— Je vous dis seulement ce dont nous disposons, rétorqua paisiblement Bolan. Ce n'est pas parce que vous nous menacerez que nous allons trouver davantage d'argent comme par enchantement.

Detroit agita encore une fois la fermeture Eclair de sa veste et pinça les lèvres avant de demander :

— D'où tu le tires, tout cet oseille ? Et pourquoi York vous a branchés sur nous ? Vous n'avez pas des gueules d'extrémistes réactionnaires !

— Et nous n'en sommes pas, intervint alors Rose. Nous, on est dans les affaires.

— Tu l'as entendue ? ricana Detroit à l'adresse de Bolan. Si je comprends bien, c'est elle qui porte la culotte ?

— Nous faisons équipe ensemble, admit Bolan. Elle a le droit de dire ce qu'elle veut.

— Mettons cartes sur table, M. heu... reprit Rose en s'appesantissant, espérant que Detroit révélerait enfin son nom que Brognola pourrait ensuite vérifier dans ses fichiers.

— Lynch, rétorqua aussitôt celui-ci fonçant dans le panneau comme un bleu. Detroit Lynch. La rousse au joli cul et à la cervelle bien compartimentée s'appelle Allison Dubin ; quant au jeunot avec la barbe frisottée, c'est Johnny Seville, mais nous l'appelons Baby John, à cause du film.

— Bien sûr, West Side Story, murmura Rose.

Detroit eut un sourire admiratif :

— En effet, ma petite dame. Eh bien, on en sait des choses ! Mais revenons à nos moutons. Vous savez, je pense, que si nous décidons de ne pas vous donner le coup de main que vous nous demandez, nous devrons vous faire disparaître ? Or ici, quand nous votons, seule ma voix compte. Vu ?

— Nous savions les risques que nous prenions en venant vous trouver, répliqua Rose.

— Alors vous devez être sacrément dans la merde, car dans l'immédiat, si je dois voter, je vous envoie direct bouffer les pissenlits par la racine.

— Il faudrait tout de même réfléchir à notre offre, Lynch, intervint aussitôt Bolan. Je vous ai dit que nous étions prêts à payer, même si votre tarif est plus élevé que nous ne le pensions.

— Hé, Trou du cul, rugit alors Detroit, arrête ton char, tu veux ! Le seul mot que t'as à la bouche, c'est pognon, pognon, pognon ! Tu me soûles, à la fin ! Tu ferais mieux de me dire comment vous l'avez fait, votre pognon, tous les deux. Vous l'avez tout de même pas trouvé dans une poubelle !

Bolan fusilla Detroit du regard, puis se calmant il haussa les épaules avant d'expliquer.

— A dire vrai, il n'y a pas grand-chose à dire. J'ai fait treize ans d'armée et je suis jamais arrivé à passer sergent-chef. Je me suis cassé le cul au Viêt-nam, et on m'a renvoyé ici avec une bonne poignée de main gauche pour mes bons et loyaux services. Alors l'a bien fallu que je me démerde.

— Arrête de me faire pleurer, Trou du cul, ricana Detroit. Moi aussi, j'étais au Viêt-nam, et je connais la chanson. Dis-moi plutôt où t'as trouvé la poule aux œufs d'or.

— Ben... hésita Bolan, c'est un peu délicat à expliquer, mais disons que j'ai commencé à faire un peu de trafic avec des trucs de l'armée.

— Quels trucs ? Des armes, des munitions, des bagnoles ?

— Mieux que ça, coupa Rose d'Avril, les yeux brillant d'excitation. Il revendait des programmes informatiques.

— C'est vrai ?

— Il faut vous dire qu'à l'armée, il travaillait au service de la sécurité, reprit Rose. Alors je lui ai expliqué ce qu'il fallait choisir. Moi, j'ai une formation d'opératrice d'ordinateurs ; je sais donc comment ça marche. J'ai indiqué à Mike les programmes intéressants, et je lui ai surtout dit de prendre les codes d'entrée. Après quoi, il nous suffisait de les vendre aux clients qui en avaient l'usage. C'était simple. Avec le code d'entrée, ceux-ci pouvaient utiliser les programmes autant qu'ils le voulaient.

Detroit jeta un coup d'œil à Allison :

— Ça te paraît possible, Al ?

Elle hocha la tête :

— Pourquoi pas ? Mais faut être malin. En tout cas si leur business marche depuis un certain temps, ils ont dû amasser des millions !

— Des millions ! s'exclama Detroit, et ils ne nous proposent que douze mille dollars ridicules ! Quels dingues !

— On n'a malheureusement pas eu le temps de faire beaucoup de pognon, reprit Bolan. On s'est fait pincer il y a quelques mois. Un gars qui bossait au service m'a balancé. Alors depuis, Rose et moi, on est en cavale.

Detroit se gratta le front pensivement, et demanda au bout de quelques instants :

— Et York ? Pourquoi vous a-t-il envoyés me trouver ?

— A cause de moi, répondit aussitôt Rose d'Avril. Byron et moi nous sommes connus à l'université, et avons même été fiancés, pendant un temps. Je savais qu'il avait encore pas mal de contacts, aussi je lui ai demandé de nous aider. Et il l'a fait en souvenir du bon vieux temps.

— Du bon vieux temps, hein, salope ? ricana Detroit. Décidément, vous êtes toutes les mêmes : des putes, rien de plus.

Puis, regardant Allison à nouveau, il lança :

— Alors, qu'en penses-tu, Al ? Ils sont clairs, ces grelus ?

La jeune femme haussa les épaules :

— Apparemment, leur truc tient debout. Quant à leur pognon, on pourrait en avoir l'usage.

— Et toi, Baby John ton opinion ?

— Pourquoi s'emmerder la vie, répondit le jeunot maussade. Moi je dirais qu'il vaut mieux les supprimer, comme ça, au moins, on prend pas de risques.

Détroit éclata d'un rire démoniaque :

— Il a pas tellement tort, Baby John, mais faut dire que le fric et lui, ça fait deux. Ses parents possèdent une chaîne de magasins de fringues dans le New Jersey ; alors il s'imagine que tout le monde se voit refiler une rente mensuelle par papa-maman.

— La ferme, Detroit ! protesta Baby John.

Mais Detroit reprit en riant de plus belle :

— Il s'imagine même que ce putain de magasin de plongée gagne du pognon ! Pour l'instant, si on comptait là-dessus pour croûter, je peux vous dire qu'on aurait tous la taille fine. Au demeurant, je me plains pas, parce que c'est une façade très pratique pour notre petite agence de voyages clandestine. Et sous peu, l'oseille va couler à flots. Mais en attendant, faut quand même payer les factures.

— Eh bien, vous voilà déjà nantis de douze mille dollars pour payer votre loyer du mois prochain, fit observer Bolan.

Mais Detroit secoua la tête avec irritation :

— Essaie pas de me forcer la main, Trou du cul, tu veux ? Et me fais pas dire ce que j'ai pas dit. J'ai encore rien décidé pour toi et ta gonzesse, et dis-toi bien que j'ai déjà assez de soucis en tête. Tu crois que c'est une sinécure de diriger un groupe d'extrémistes tordus ? Et en plus ce soir, on a une séance spéciale.

— De quoi parles-tu ? s'enquit aussitôt Baby John.

Detroit se remit à ricaner tout en jouant avec sa fermeture Eclair, avant de répéter :

— T'as bien entendu, le môme ! J'ai dit une séance spéciale, et crois-moi, c'est pas Bo Derek que nous allons voir !

— Que veux-tu dire exactement, Detroit ? intervint alors Allison. Qu'est-ce donc que cette séance spéciale que tu nous annonces ?

Detroit rit à nouveau tout en se grattant le cou :

— Tu verras bien, ma poupée. Ce soir, comme tu le sais, nous avons des invités pour une petite réunion, et j'attends un appel de Dante. Il est en train de vérifier une ou deux informations pour nous. Si ça se trouve, on va avoir du spectacle !

Se tournant alors vers Bolan et Rose, il ajouta :

— Je vous ferai donc part de ma décision à votre sujet quand j'aurai reçu le coup de biniou de Dante, pas avant. Et j'espère pouvoir vous faire assister à une petite fête qui risque fort de vous intéresser. Vous verrez ce qui arrive aux gros malins qui s'amusent à doubler les Weathermen !

Et il ajouta avec un clin d'œil obscène à l'adresse de Rose :

— J'espère en tout cas que la vue du sang ne vous fait pas gerber, ma petite dame ? J'ai horreur qu'on salisse mes tapis !

CHAPITRE X

Les invités à la « séance spéciale » commencèrent à arriver quelques heures plus tard.

Deux adolescents — garçon et fille — étudiants au collège de Williamsport, se présentèrent les premiers. Ils portaient des chemises Lacoste trop grandes qui retombaient avachies sur leurs jeans cigarettes, et tenaient à la main de gros sacs de provisions.

Detroit fit un clin d'œil de connivence à Rose, tout en expliquant suffisamment fort pour que les mômes n'en perdent rien :

— La bouffe fait partie de leur droit d'entrée pour assister à la séance de ce soir. Ces deux mauvais puceaux s'imaginent que pour être réactionnaire, il suffit de pavaner avec des chemises à trente sacs, qu'ils sont même pas capables de rentrer dans leur froc !

Le garçon posa son sac de provisions par terre, et se mit en devoir de glisser sa chemise dans son pantalon, tandis que la fille lançait avec un air de défi dans les yeux :

— On t'emmerde, Detroit !

— Ça, tu peux le dire, Belinda, ricana le Noir. Et se tournant vers Rose, il rigola :

— Des deux, c'est elle qui a le plus de couilles au cul.

Le garçon vira au cramoisi, et prenant les sacs de provision, disparut dans la cuisine.

Belinda était rondouillarde et ses cheveux filasse avaient grand besoin d'un shampooing. Elle portait incrustées dans le lobe de l'oreille gauche, quatre petites étoiles dorées, et la droite en comparaison semblait indécente de nudité.

— Qui sont-ils ? demanda-t-elle à Detroit en indiquant du menton Rose et Bolan.

— Des clients potentiels, répliqua Detroit. Mais rien n'est sûr, encore.

Belinda haussa les épaules et se dirigea vers la chaîne stéréo pour fouiller dans la pile de disques, à côté.

Rose et Bolan étaient toujours sur le canapé. Un peu plus tôt, ils avaient reçu l'autorisation d'aller jusqu'au frigidaire pour y prendre quelque chose à manger, mais le blondinet à barbiche frisottée, toujours armé de son trident, ne les avait pas lâchés d'une semelle.

A présent, les fusils de pêche sous-marine avaient été mis au rancart. Allison-la-Rousse arborait fièrement un petit pistolet-mitrailleur Linda de marque Wilkinson Arms, Cal. 9 mm parabellum, doté d'un viseur électronique Ainspoint Mark III permettant d'ahurissantes performances de tir. Quant à Baby John, il brandissait à chaque instant sur Bolan et Rose un Hi-Standard Sentinal Mark IV nickelé. Il transpirait toujours autant de la moustache et s'essuyait la bouche avec sa manche de chemise toutes les trente secondes environ.

Seul Detroit Lynch n'avait pas d'arme à feu. A la place, il portait une ceinture sur laquelle étaient accrochés cinq couteaux de tailles différentes. Du reste, les trous et les estafilades sur les murs de la pièce témoignaient de la passion qu'il éprouvait à s'exercer au tir au couteau. Il y avait en particulier, sur le mur du fond, une photographie d'un individu en costume sombre, véritablement transformée en passoire. Detroit avait expliqué un peu plus tôt à Bolan qu'il s'agissait du portrait d'un président des Etats-Unis, mais il ne se souvenait plus lequel.

Cependant Detroit, de minute en minute, paraissait plus nerveux, et depuis un moment, ne cessait de faire les cent pas dans la pièce, caressant ses couteaux d'un air distrait.

— On dirait un ours en cage, murmura Rose à l'adresse de Bolan.

— Il attend le coup de fil de Dante, répondit Bolan à voix basse.

— Que signifie ce coup de téléphone, à votre avis, Mack ?

Celui-ci haussa les épaules avant de chuchoter :

— Je l'ignore, mais je ne pense pas qu'il nous

concerne directement. Detroit était prévenu que Dante appellerait avant notre arrivée ici ; il ne peut donc s'agir de nous.

— Ce n'est pas rassurant pour autant, soupira la jeune femme.

— Attention, souffla Bolan, il s'apprête à jouer du couteau !

Et de fait, la lame acérée d'un des poignards de Detroit cisailla l'air, juste entre le visage de Bolan et celui de Rose, pour se ficher derrière eux, dans le mur, faisant voler une giclée de poussière de plâtre qui retomba sur le canapé.

— Arrêtez vos messes basses ! hurla Detroit dont la grosse veine du cou saillait comme celle d'un taureau en furie.

Bolan enleva le couteau du mur, et murmura doucement :

— Joli engin.

Puis, rapide comme un cobra en colère, il lança le poignard en direction de Detroit. La lame frôla la tête du gangster pour aller se ficher derrière lui dans le mur, à quelques centimètres seulement au-dessus de ses cheveux.

Detroit tourna la tête, regarda le couteau sans réussir à réprimer un petit frisson, puis il éclata d'un rire gras :

— Pas mal, Sergent à la manque. Tu vas presque me faire regretter d'avoir à te supprimer.

Il se détourna ensuite pour passer dans la cuisine se servir un verre.

Belinda venait de mettre un disque ; Bolan et Rose en profitèrent pour reprendre leur conversation à voix basse.

— Votre geste était un peu risqué, vous ne croyez pas ? murmura Rose.

— Pas vraiment, non. De toute façon, je crains fort qu'il n'ait vraiment l'intention de nous tuer.

— C'est pour me rassurer que vous dites cela, Mack ?

— Pensez-vous pouvoir tenir le coup jusqu'à l'appel de Dante ? s'enquit anxieusement Bolan.

Rose se contenta de hocher la tête. Que pouvait-elle faire d'autre, en effet ?

Detroit, quant à lui, était plus agité de minute en minute. Il ne tenait pas en place et jouait de ses couteaux d'un air menaçant, les balançant dans les murs avec une sauvagerie de bête fauve.

Deux autres « invités » venaient d'arriver. D'après ce que comprirent Rose et Bolan, ceux-là étaient des activistes chevronnés, des durs, et venaient de prendre livraison d'une cargaison d'armes. Le gars portait un blouson d'aviateur en cuir éculé, un mauvais pantalon de velours et d'énormes bottines militaires. La fille était grande et baraquée comme un homme, et ses cheveux noirs coupés très court sur la nuque. Il lui manquait une dent en plein milieu de la mâchoire supérieure, et tout en elle respirait la crasse et la hargne. Les deux jeunes gens étaient armés de carabines semi-automatiques.

— Nous ne vous attendions pas avant demain, leur fit sèchement observer Allison.

— Ouais, répondit la fille, mais c'est Dante qui nous a dit de rappliquer pour attendre son coup de fil.

Detroit les attira au fond de la pièce pour leur expliquer la situation, tout en indiquant ses prisonniers sur le divan, avec un sourire sournois. Mais les nouveaux arrivants se contentèrent de hausser les épaules : apparemment, ils avaient faim et soif et voulaient une bière. Le reste, ils s'en foutaient pas mal.

La sonnerie de la porte retentit à nouveau et Baby John disparut pour aller ouvrir, revenant quelques instants plus tard suivi de deux visages connus.

— Vous les reconnaissez ? murmura Rose à Bolan.

Celui-ci hocha la tête :

— Lui, c'est Dolph Connors, l'avant-centre de l'équipe de football de Pittsburgh.

— Et elle, c'est Carly Carlyle, une de ces midinettes que l'on voit dans tous les feuilletons de la télé.

— J'ignorais que vous regardiez ce genre d'émission, Rose, grinça Bolan.

— Et vous savez très bien que je ne le fais pas, rétorqua sèchement la jeune femme, mais le visage de cette fille m'agresse chaque fois que j'entre dans un grand magasin ; elle fait de la pub pour n'importe quoi : des jeans, des laits de toilette, du chocolat. Bref, on voit sa photo sur tous les rayons.

— Si je comprends bien, voilà deux réactionnaires bon chic, bon genre, murmura Bolan en riant sous cape. Ils doivent se sentir coupables de gagner autant de pognon, alors ils se dédouanent en se faisant exploiter par l'Extrême Droite. A moins, bien sûr, qu'ils n'y croient. Mais en tout cas, une chose est sûre, ils auraient mieux fait de ne pas venir ce soir.

— Salut, Detroit ! lança Connors, jovial.

— Comment tu vas, Du Con ? Raconte-moi ce qui est arrivé à ton équipe de merde, la semaine dernière ? Il paraît que Houston vous a foutu une sacrée raclée ?

— Les joueurs n'avaient pas la forme, fit Dolph en haussant les épaules, avant de se diriger vers la cuisine pour se servir à boire.

— Il est un peu nerveux, ces temps-ci, expliqua alors Carly. Il est pas sûr de jouer dimanche.

— Dis-lui de ne pas s'en faire, fit Detroit avec un rire sardonique. S'il a rien à foutre dimanche, on lui trouvera bien une occupation !

La midinette avança alors vers Detroit avec un sourire enjôleur qui accrut encore sa vulgarité, et lui passant un bras autour de la taille, demanda :

— Qui sont ces deux culs pincés, sur le divan ?

En guise de réponse, Detroit la frappa sèchement au visage du revers de la main.

— Pas sur la figure ! hurla la fille.

Detroit la saisit alors par le cou, et comme ses doigts s'enfonçaient dans la chair tendre, il regarda Bolan avec un sourire bestial :

— Tu vois ces petits minables, Sergent à la manque ? C'est rien de mieux que des limaces ! C'est bourré de pognon, mais ça a besoin d'une famille !

Puis regardant le visage de Carly Carlyle qui virait au cramoisi, il lança avec défi :

— Alors Sergent, tu voles pas au secours de la gonzesse ? A voir ta gueule, je t'aurais cru plus chevalier. Pas vrai, Carly chérie ?

Il relâcha la fille qui s'effondra sur le sol, cherchant son souffle. Elle réussit tout de même à lever sur Detroit un visage où l'on discernait un pauvre sourire, et s'emparant de sa main, l'embrassa en disant :

— Pas sur le visage, t'as compris, chéri ? Au studio, on me fait un malheur quand j'arrive avec un bleu sur la figure.

Detroit Lynch poussa un de ses habituels éclats de rire sardoniques, avant de secouer la tête en direction de Bolan :

— Des limaces, je te dis, Sergent ! Y a vraiment rien à en tirer, que du pognon !

A cet instant précis, la sonnerie du téléphone retentit. Detroit se rua vers la cuisine et après en avoir chassé tous les occupants, ferma soigneusement la porte avant de décrocher le combiné. Depuis le salon, Bolan n'entendait que le bruit étouffé de sa voix, sans distinguer ses paroles.

Quelques minutes plus tard, Detroit réapparaissait, un air de triomphe sur le visage.

— C'était Dante, fit-il à la cantonade, tout en s'emparant du plus gros des poignards attachés à sa ceinture, comme pour s'en amuser avec désinvolture.

Rose d'Avril jeta un regard angoissé à Bolan, mais déjà Detroit reprenait :

— Dante m'a confirmé qu'il y avait un putain d'espion parmi nous. En ce moment même et dans cette baraque !...

S'approchant lentement du sofa pour se planter devant Bolan, il répéta en le regardant droit dans les yeux :

— Ouais, une sale bordille d'espion. Un agent fédé camouflé. Baby John, t'as pas oublié comment te servir de ton nouveau flingue, au moins ?

— Non, Detroit.

— Et toi, Allison, t'es à l'aise avec ton Linda ?

— Parfaitement.

Brusquement, Detroit virevolta sur le tapis, et d'un bond, il fut à côté d'Allison.

— Bon, reprit-il avec un sourire satisfait, eh bien, que personne ne joue au con ! On n'aimerait pas que le filou qui grenouille parmi nous nous file entre les pattes, pas vrai ?

Soudain, d'un geste d'une violence inouïe, il écrasa le manche d'acier de son gros poignard sur la joue d'Allison qui aussitôt ruissela de sang.

Puis de sa main gauche il s'empara sauvagement du pistolet Linda que tenait la jeune femme, et le jeta par terre avant de saisir la tête ensanglantée qu'Allison protégeait de la main. Alors lentement, très lentement, il en approcha la lame acérée de son couteau.

Belinda poussa un hurlement et Carly se contenta d'un hoquet. Les autres contemplaient la scène avec incrédulité.

Detroit, alors, lâcha Allison qui s'écroula sur le sol, tenant toujours entre ses mains son visage ensanglanté. Le grand Noir la toisa de toute sa hauteur avec une expression de fureur démente dans le regard.

— Salope! rugit-il. Tu vas voir comment nous traitons les salauds de flics pourris qui s'amusent à nous doubler! Quand j'en aurai terminé avec toi, t'auras plus grand-chose d'une femelle, tu peux me croire!

CHAPITRE XI

— Serre-lui le bâillon ! rugit Detroit à Baby John. La salope va ameuter tout le quartier, si nous la laissons gueuler !

Baby John, d'une gifle brutale, fit virevolter la tête d'Allison pour resserrer le nœud du torchon de cuisine douteux qui lui obstruait la bouche. La jeune femme était ligotée sur une chaise cannée, les bras et les jambes entravés par de la corde de nylon jaune trouvée dans une des réserves du rez-de-chaussée. Le côté gauche de son visage était tuméfié et sanguinolent, et son œil gauche disparaissait sous une énorme boursouflure violacée.

— Ça va être ta fête ! ricana sauvagement Detroit tout en approchant un de ses monstrueux couteaux du visage de la jeune femme.

Il appuya la lame sur la joue droite encore intacte, il la fit lentement glisser autour de l'œil qui n'avait pas souffert.

Belinda et son petit copain s'étaient réfugiés dans un coin. A voir leur teint livide, on pouvait penser qu'ils allaient vomir d'une minute à l'autre.

Les deux durs envoyés par Dante étaient installés à la table de salle à manger et dévoraient avec leurs doigts une barquette de poulet frit surgelé qu'ils avaient pris le temps de faire réchauffer dans un four à micro-ondes, un peu plus tôt. Ils s'arrêtaient de manger de temps en temps pour lécher leurs doigts dégoulinant de graisse.

Dolph Connors en était à sa cinquième canette de bière. Il avait le regard vague et la lippe avachie. Carly Carlyle en revanche gloussait d'excitation, et dévorait Detroit avec des yeux d'hystérique.

Quant à Bolan et Rose, ils étaient toujours immobiles sur le divan.

— Qui est Allison ? murmura Rose espérant que seul Bolan l'entendrait.

— Un agent secret camouflé, répondit celui-ci à voix basse. J'espère qu'elle tiendra le coup jusqu'à l'arrivée de Dante.

— Et si elle craque ?

Bolan ne répondit rien. Qu'y pouvait-il en effet ? Quand l'heure sonnerait, Detroit et Dante paieraient, bien sûr, mais en attendant...

Détroit venait de pencher son ignoble face noire tout contre le visage d'Allison. Sa bouche se retroussait en un obscène sourire d'anticipation.

— Je comprends maintenant pourquoi tu

jouais ta mijorée quand je te faisais du rentre-dedans, ricana-t-il. Je te prenais pour une gousse, mais t'es mieux que ça, t'es un poulet !

Elle le regarda de son unique œil valide, et malgré la souffrance et la peur, son regard scintillait de défi. Oui, elle avait du cran, cette fille, songea Bolan avec admiration. Déjà Detroit reprenait, grinçant :

— Dante va rappliquer d'une minute à l'autre, mon chou, et tu sais qu'il n'est pas tendre. Je puis même t'assurer qu'il sait se montrer très, très méchant quand il veut !

Tout en parlant, Detroit faisait glisser la pointe de son couteau sur la chair tendre de la jeune femme, à l'intérieur de la cuisse. Du sang apparut aussitôt le long de l'estafilade.

— Le problème, vois-tu, mon chou, poursuivit-il imperturbable, c'est que tôt ou tard, tu te mettras à table. Alors autant le faire vite avant que t'aies des dégâts irréparables sur ta jolie gueule d'amour.

Il ponctua sa phrase d'un petit signe de tête à Baby John qui, aussitôt, desserra le torchon qui bâillonnait la jeune femme.

— Vois-tu, poupée, reprit Detroit, doucereux, j'aimerais bien pouvoir annoncer à Dante, quand il arrivera, que tu as déjà lâché le morceau. Vu ? Ça serait bien pour moi, et pour toi aussi. Alors dis-moi ce que tu as raconté à tes petits copains.

— Je ne les ai pas contactés depuis le mois dernier, marmonna Allison.

Mais Detroit secoua la tête incrédule, et appuya la pointe de son couteau sur la joue boursouflée de la jeune femme qui sursauta de douleur.

— Tu mens, salope ! grinça-t-il.

— Non, s'obstina Allison. Nous n'établissons le contact qu'une fois par mois, quand nous sommes en mission camouflée. C'est la règle.

— Elle dit la vérité, intervint Bolan. Dans l'armée, j'ai travaillé aux services de renseignements, et c'est ce que l'on nous apprenait : contact une fois par mois, suivant la durée de la mission.

Detroit se tourna vers lui, écumant de rage :

— Ferme ta gueule, sale Trou du cul ! rugit-il. Je t'ai pas parlé ! Pense plutôt à tes petits problèmes. Ça devrait suffire à t'occuper la cervelle !

— Je disais ça comme ça, sourit Bolan.

Detroit se pencha à nouveau vers Allison et se mit en devoir de lui bourrer les cuisses et l'entrejambe de coups de poing. La jeune femme pâlit, se raidissant, mais ne laissa pas échapper un cri. Son visage, à présent, était luisant de sueur qui se mêlait au sang.

Dans le salon, Baby John mordillait sa lèvre inférieure tout en regardant la scène d'un œil allumé. Carly couvait Detroit de son regard hystérique et Dolph, complètement amorphe, cuvait sa bière. Quant aux deux durs, assis à la table, ils se disputaient la dernière frite, un morceau de poulet à la main. Les deux mômes, eux, étaient pétrifiés de trouille, tapis dans leur coin.

— Tu vas répondre, oui ou merde ? glapit une fois encore Detroit. Que leur as-tu raconté, à tes enculés de petits copains ?

Et comme Allison secouait la tête, il approcha à nouveau son couteau de la joue de la jeune femme, et se mit en devoir de la charcuter lentement.

— La lame n'est peut-être pas très aiguisée, murmura-t-il, sadique, mais l'extrémité fera l'affaire.

Et il enfonça la pointe de la lame de quelques millimètres dans la chair d'Allison. Le sang jaillit à flots, inondant le menton et le tee-shirt de la pauvre fille qui pourtant ne laissa pas échapper une plainte.

Detroit s'apprêtait à lui triturer l'œil quand Bolan évalua la situation sur le plan tactique.

Les mômes pétrifiés n'étaient pas armés, et de toute façon, ils étaient bien trop terrifiés pour être dangereux. Les limaces, comme les avait appelées Detroit, n'étaient pas bien redoutables non plus. Baby John en revanche avait son revolver Sentinal, mais s'il voulait toucher Bolan, il tuerait d'abord Detroit et Allison qui se trouvaient très précisément sur sa ligne de tir.

Les durs occupés à manger avaient leurs

revolvers coincés dans la ceinture de leurs pantalons. En outre leurs mains étaient grasses, et ils devraient les essuyer et repousser leurs sièges avant de saisir leurs armes : cela prendrait de précieuses secondes qui pouvaient être une question de vie ou de mort.

Restait bien sûr Detroit et ses couteaux ; le Noir était d'autant plus dangereux que l'arme d'Allison était sur le sol à moins de trois mètres de lui.

Bolan tira discrètement le coude de Rose d'Avril en lui indiquant du regard l'automatique sur le sol. Il leva en même temps un sourcil interrogateur, lui demandant ainsi si elle saurait se servir de l'arme.

Rose regarda le pistolet pendant quelques instants, puis hocha imperceptiblement la tête. Bolan l'imita immédiatement avec un air entendu.

La pointe du couteau de Detroit effleurait la paupière d'Allison, quand Bolan et Rose bondirent du canapé pour se ruer chacun dans une direction différente. Pendant que Rose plongeait vers le Linda, Bolan se ruait sur les trois fusils-harpons rangés dans un coin, contre le mur.

Il levait le premier — un Sharpshooter — au moment précis où Baby John épaulait son Sentinal, visant Rose dans le dos.

Bolan appuya sur la détente et le trident traversa la pièce en sifflant pour se ficher dans le cou maigrichon de Baby John. Les yeux du gringalet parurent sortir de leurs orbites, tandis que Baby John, instinctivement, portait des mains affolées à son cou pour en arracher le trident. Mais celui-ci était solidement fiché entre les vertèbres cervicales, et Baby John ne tarda pas à tournoyer lentement pour s'effondrer à terre.

Les deux durs attablés, levant le nez de leur barquette de poulet, repoussèrent vivement leurs chaises pour s'emparer de leurs revolvers. Mais Rose, brandissant le Linda, balaya la table d'une grêle de 9 mm brûlants.

Le bois, les assiettes, les chaises, tout vola en éclat dans un tintamarre infernal, et le gars se fracassa lourdement sur le sol, tenant toujours sa cuisse de poulet dans sa main gauche. La fille en revanche réussit à s'éclipser, et se barricada dans la cuisine. Généreusement, Rose arrosa la porte de celle-ci, histoire de décourager la fille.

Les deux mômes étudiants étaient aplatis sur le sol, l'un à côté de l'autre, le nez enfoui dans l'épaisse moquette. Belinda hurlait. Dolph n'avait pas bougé, toujours amorphe, quant à Carly, elle regardait le spectacle avec des yeux déments.

Mais c'était Detroit qui inquiétait Bolan. Dès que Baby John s'était effondré, le grand Noir avait balancé son couteau à la tête de Bolan, ratant sa cible d'un cheveu.

Bolan abandonna son premier fusil-harpon

inutilisable pour s'emparer du second : un Frontiersman, celui-là. Il lui fallut moins de deux secondes pour l'armer et tirer, mais Detroit avait eu le temps d'attraper Carly, toute proche de lui, et de s'en servir de bouclier. La starlette de pacotille prit le trident en plein estomac, et son tricot de grand prix fut immédiatement trempé de sang.

Detroit la repoussa violemment en avant, et elle tomba à plat ventre. Dans sa chute, le trident s'était enfoncé davantage et l'on voyait à présent les trois pointes acérées sortir dans le dos de la fille.

Detroit, sans s'occuper de ce spectacle répugnant, fonça vers la table pour s'emparer de l'arme du dur que venait d'abattre Bolan. Mais déjà celui-ci avait attrapé le troisième et ultime fusil-harpon, et tirait, touchant cette fois la base du cou du gangster. Rose à son tour fit pivoter le Linda, et sans lésiner, traça d'une volée régulière de 9 mm une ligne très droite depuis le bas-ventre de Detroit, jusqu'à la base de son cou. Le thorax de l'ordure s'ouvrit comme une grenade bien mûre, tandis que Detroit s'effondrait à la renverse sur le sol, salissant la moquette de matières immondes et rougeâtres.

Rose se tourna immédiatement vers Allison qu'elle entreprit de délier de son siège.

— Vous auriez dû attendre l'arrivée de Dante, fit celle-ci, haletante, sans dissimuler l'angoisse dans sa voix. Nous les aurions tous liquidés en même temps !

— Nous n'avons pas autant de courage que vous, sourit Bolan. Et maintenant filons avant l'arrivée de la police !

Soutenant Allison par les aisselles, ils avancèrent tant bien que mal vers la porte, enjambant les cadavres au passage, évitant les mares de sang et les flaques visqueuses. Bolan récupéra rapidement son Beretta que Detroit avait fourré dans un tiroir de commode, quelques heures plus tôt. En passant, il vida une partie du chargeur, franchissant la porte de la cuisine tout en lançant :

— Si vous avez un peu de cervelle et si vous tenez à la vie, je vous conseille de ne pas bouger !

Rose d'Avril ouvrit la porte de l'appartement. Elle tirait Allison sur le petit palier, quand Dolph Connors se redressa en titubant, avançant maladroitement de quelques pas :

— Hé, mec, lança-t-il d'une voix pâteuse, qu'est-ce que je deviens dans tout ça ?

Bolan abaissa le canon de son Beretta et tira quelques balles dans le sol, au pied du joueur de foot à la manque. Sous l'impact des esquilles de bois volèrent dans les jambes de Dolph qui, croyant ses précieuses bielles blessées, poussa un hurlement tout en s'effondrant sur le sol.

— Tu ferais mieux de te faire vendeur de

bagnoles d'occase ! lança Bolan plein de mépris. T'as pas plus de courage qu'une mauviette !

Dans le fond de la pièce, Belinda hurlait à la mort et son petit copain s'efforçait de lui maintenir une main sur la bouche, espérant la faire taire. Bolan leur conseilla de se tenir peinard, puis haussa les épaules et suivit Allison et Rose dans l'escalier. Après tout, si la leçon de ce soir ne leur suffisait pas, et qu'ils avaient encore envie de se frotter à des extrémistes, tant pis pour eux. Bolan les retrouverait sans doute un jour, probablement dans le viseur de son Beretta.

Les deux jeunes femmes suivies de Bolan étaient à mi-descente de l'escalier quand tous trois entendirent une voiture qui freinait des quatre roues derrière l'immeuble. Puis la sonnerie de l'appartement retentit.

— Passez par le magasin, souffla Bolan à l'adresse des deux femmes, et sortez par le devant de l'immeuble.

Allison avait suffisamment récupéré pour marcher toute seule, à présent. Elle tenait contre son visage ensanglanté le torchon qui la bâillonnait quelques minutes plus tôt.

— Foncez, leur ordonna à nouveau Bolan. Je vous rejoindrai plus tard.

Rose d'Avril hocha la tête, visiblement à regret. Entraînant Allison par la main, elle disparut dans la réserve sombre, en direction du magasin. Dans quelques secondes, les deux femmes sortiraient dans la rue où leurs vies seraient moins exposées.

Mais Bolan avait encore de la besogne, ici. Peut-être avait-il compromis la mission en sauvant la vie d'Allison, mais il ne le regrettait pas. Son premier devoir était d'épargner les innocents, surtout quand il s'agissait d'êtres de qualité comme cet agent fédéral camouflé.

Il s'accroupit derrière un présentoir métallique bourré de combinaisons de plongée, et attendit.

La sonnerie de l'appartement retentit une seconde fois. L'Exécuteur entendait des piétinements impatients sur l'arrière de la maison. Puis un bruit de pas retentit dans le petit escalier et Bolan, se dégageant à demi, jeta un regard derrière lui : la femme qui s'était retranchée un peu plus tôt dans la cuisine descendit l'escalier quatre à quatre et déverrouilla rapidement la porte de derrière. Dans l'encadrement, Bolan reconnut aussitôt le visage blafard et mauvais de J. D. Dante. Il était escorté de deux hommes de main.

Dès que les trois sinistres personnages furent entrés, la femme se mit en devoir de leur expliquer la situation. Elle parlait si vite et avec tant de volubilité que J. D. Dante la coupa sauvagement :

— Parle plus lentement, nom de Dieu ! aboya-t-il. Je ne comprends rien à ce que tu racontes ! Que se passe-t-il ? Où est Detroit ?

— Il est mort, souffla la fille hors d'haleine. Et Baby John aussi, et la starlette de merde, itou. Et Billy idem, par-dessus le marché ! Ces salauds les ont descendus !

— Qui ? La garce fédé ?

La fille hocha la tête :

— Elle, et les deux ordures envoyées par Byron York.

— J'avais pourtant dit à Detroit de les avoir à l'œil ! rugit J. D. Où sont-ils à présent ?

La fille indiqua le magasin du menton.

Dante pivota vers ses deux tueurs :

— Rattrapez-les, aboya-t-il. Descendez-les !

Les deux gars firent aussitôt jaillir de leurs baudriers leurs Colts MK V Troopers, et s'élancèrent à travers les salles de réserve pour gagner la porte de devant.

Dante passa une main furieuse dans ses cheveux, avant de questionner :

— Ces trois enculés sont au courant de quelque chose ? Quelqu'un d'entre vous a vendu la mèche...

— Je vois pas comment on aurait pu vendre quoi que ce soit, tenta d'ironiser la fille. De toute façon, on sait rien, sauf que c'est dimanche, le Jour J.

— Ça vaut mieux comme ça, vous n'avez pas besoin d'en savoir davantage. Zossimov s'occupe des derniers détails matériels. Si le beau temps continue et que cette saloperie de brouillard nous fout la paix, nous devrions avoir près d'un demi-million de personnes rassemblées.

— Doux Jésus ! murmura la fille.

— Et ce n'est que le commencement, fanfaronna Dante, oubliant un instant la situation présente. Dimanche sera le déclencheur d'une série d'attentats en chaîne qui va rendre notre mouvement plus célèbre qu'E.T., tu peux me croire !

La fille demanda alors :

— Où est Pisseur ?

— T'imaginais tout de même pas que j'allais rappliquer avec un connard pareil ? Pisseur est tout juste assez bon pour son fric, et pour garder la piaule.

Dante indiqua alors le premier étage du menton :

— Qui reste-t-il, là-haut ?

— Deux mômes étudiants, et le joueur de football.

— Ils sont vivants ?

— Les mômes ont l'air d'aplomb, mais Dolph est en pleine crise de nerfs parce que le grand type qui a sauvé Allison lui a conseillé d'aller vendre des bagnoles d'occase.

Dante éclata d'un rire méprisant :

— Il manque pas de sens de l'humour, le salaud ! J'aurais bien aimé le rencontrer.

— Dis pas ça, Dante, murmura la fille d'une voix qui tremblait un peu. Ce mec, il avait quelque chose de pas humain... T'aurais dû voir... il a tué Baby John avec un fusil-harpon. C'était pas beau : le trident l'a traversé de part en part. Puis il a remis ça avec Detroit, et c'est Carly qu'a pris la flèche. Là-dessus, sa poulette s'est emparée du Linda et a découpé Billy et Detroit depuis le bas jusqu'en haut. Ils n'ont pas froid aux yeux, ces deux-là !

— Bon, coupa Dante, assez de détails ! File à l'appartement et achève les trois survivants. Inutile que ces trois mauvais connards aillent claironner ce qui s'est passé sur les toits.

La fille s'élança dans l'escalier, son Ruger au poing. Dehors, assez loin, une sirène de police gémit.

Dante cracha par terre, écœuré :

— Grouille-toi pendant que je m'occupe de faire démarrer la tire ! lança-t-il à l'adresse de la fille.

Celle-ci gravissait les dernières marches de l'escalier quand Bolan se faufila de derrière son présentoir pour lâcher une solide giclée de 9 mm dans sa direction. La fille prit les balles dans le dos. Tout son corps tourbillonna lentement avant de basculer dans les escaliers pour s'effondrer à plat ventre sur le ciment de la réserve.

Dehors, une voiture démarrait en trombe, à grand renfort de crissements de pneus. Dante se tirait sans attendre la suite des événements.

Mais Bolan, pas plus que le gangster, n'avait l'intention de se faire cueillir par la police. Il s'élança donc à travers le magasin et se rua par la porte de devant pour foncer dans la direction qu'avaient dû prendre Rose et Allison.

Les rues sombres étaient complètement désertes. Le quartier, en effet, était un secteur de petits magasins et de bureaux, et ne comportait pratiquement pas d'immeubles d'habitation.

Bolan courait sans bruit, l'œil aux aguets dans les rues noires, son Beretta au poing. Inutile de dissimuler son arme : l'Exécuteur connaissait bien les petites villes de province comme Williamsport ; à partir de cinq heures du soir, les trottoirs se vidaient et ne reprenaient vie que le lendemain matin, vers huit heures.

Il entendit quelque part dans la nuit une rafale de coups de feu, puis une autre... puis plus rien.

Il fonça dans une rue transversale en direction de la fusillade. Derrière lui, les sirènes de police gémissaient devant le magasin de matériel de plongée. Bifurquant à nouveau sur sa droite, il repéra vite, contre le mur d'une succursale de banque, un individu debout les jambes écartées, la tête penchée sur sa poitrine. N'importe qui l'aurait pris pour un ivrogne, mais Bolan ne se laissa pas abuser : c'était un des sbires de Dante, et il était mort, cloué au mur par une giclée de balles !

Bolan prit une nouvelle ruelle sur sa droite. Celle-là était complètement noire. Au bout de quelques foulées, il trébucha sur un obstacle mou ; se baissant aussitôt, il identifia le cadavre du second tueur de Dante. Le corps semblait déchiqueté.

Bolan continua de courir sur une centaine de mètres, puis lança d'une voix étouffée :

— Rose ? Où êtes-vous ?

Une silhouette grise se détacha de l'ombre, à une dizaine de mètres devant lui. C'était Rose d'Avril. Il courut vers elle et l'étreignit un instant contre lui avant de se pencher pour aider Allison à se relever.

— Avez-vous réussi à découvrir ce qu'ils manigancent ? demanda immédiatement Allison, d'une voix angoissée.

— Hélas non. Dante n'y a fait que des allusions à mots couverts.

La jeune femme étouffa un soupir de dépit, mais Bolan reprit bien vite :

— Je crois pourtant que je commence à comprendre. Et si je ne me trompe pas, nous avons intérêt à agir vite. Car je crains fort qu'il ne s'agisse d'un véritable holocauste !

CHAPITRE XII

— T'es sûr qu'ils parlaient bien de la Californie du Sud ? fit Hal.

Bolan l'entendit tirer une longue bouffée de son éternel cigare.

— Je ne peux pas te le jurer, Hal, reprit Bolan dans l'appareil. Je te dis seulement ce que j'ai entendu. Dante espérait que le beau temps tiendrait. Or, il pleut depuis quelques jours en Californie du Nord, et généralement, le mauvais temps gagne lentement la côte sud. Ce qui explique que l'Ordure redoute le brouillard du côté de Los Angeles. Il a ensuite bien précisé que le Jour J. était dimanche, et qu'il y aurait près de cinq cent mille personnes. Donc quel événement prévu pour dimanche va rassembler un demi-million d'individus ?

— Le festival de Country et Western de Riverdale, répliqua Brognola sans hésiter. Riverdale se trouve à quelques kilomètres seulement de Los Angeles et son festival est mondialement connu. Il a un budget de plus de vingt millions de dollars, et voilà un mois qu'on en parle tous les soirs à la télé. Depuis mercredi, on montre même les foules qui arrivent à Riverdale, et le campus où doit se dérouler le festival est ouvert depuis ce matin seulement. Ou plus exactement depuis hier matin, puisqu'il est minuit passé, et que nous sommes samedi.

Bolan jeta un coup d'œil par la vitre de la petite cabine téléphonique. Dans la voiture garée juste devant, il aperçut Rose, la tête appuyée sur le dossier de son siège, les yeux fermés.

— Je dois reconnaître une chose, reprit Brognola depuis son bureau de la Ferme de l'Homme de Pierre, Dante et Zossimov ont trouvé une occasion unique. Il y a déjà deux cent quarante mille personnes sur le campus de Riverdale. D'ici à dimanche, il s'en trouvera sans doute cinq cent mille. Il faut dire que c'est dimanche que se produisent les grandes vedettes : Willie Nelson, Waylon Jennings, The Oak Ridge Boys, Fleetwood Mac, etc...

— En d'autres termes les vedettes sont visées aussi bien que le public, grommela Bolan.

— Je ne vois pas comment il pourrait en être autrement. Il est difficile de choisir ses victimes dans une foule de cette importance.

Brognola se tut un moment avant de reprendre :

— Comment va Sally Benson ?

— Alias Allison Dubin, tu veux dire ? Aussi

bien que les rudes traitements qu'elle a subis le permettent. Nous l'avons déposée à l'Hôpital de Divine Providence. Elle risque de garder des cicatrices assez vilaines, mais le médecin assure qu'avec un peu de chirurgie esthétique, il réparera tout ça. Espérons qu'il ne se montre pas trop optimiste.

— Je te signale à tout hasard qu'un célèbre joueur de football vient de se faire admettre à l'Hôpital de Williamsport. Il souffre, paraît-il, d'un violent ébranlement nerveux. J'ai bien peur qu'il ne puisse pas rejouer au ballon de sitôt !

Bolan haussa les épaules avant de marmonner :

— Son équipe n'y perdra pas grand-chose. C'est un type peu intéressant... Dis-moi, Hal, t'as réussi à savoir qui était Pisseur ?

— Pas encore. J'ai mis les ordinateurs en branle et j'attends les résultats.

Bolan l'entendit à nouveau tirer sur son cigare, puis :

— J'ai encore une question à te poser, Mack.

— Vas-y.

— Pourquoi t'as pas descendu Dante quand l'occasion s'en est présentée ?

Bolan jeta un nouveau coup d'œil sur Rose, dans la voiture. Elle venait d'ouvrir les yeux et regardait en direction de la cabine. Bolan lui fit un petit signe de la main avant de répondre à Hal :

— Crois-moi, ce n'est pas l'envie qui m'en a

manqué, vieux ! Je lui aurais volontiers balancé les tripes en l'air. Mais quand je l'ai entendu dire que Zossimov s'occupait des derniers détails, j'ai compris qu'il fallait le garder en vie. Je suis sûr en effet que Dante mort, Zossimov aurait poursuivi l'opération tout seul. Et Dante vivant constitue la seule filière pour retrouver Zossimov. Il faut absolument que nous découvrions comment ils ont prévu leur attaque du festival.

— C'est une histoire de fou, Mack, soupira le chef Fédé. Le campus grouille de policiers en civil. Un service de sécurité le passe au peigne fin deux fois par jour, au cas où un mauvais plaisant y aurait dissimulé des explosifs. Et il y a même une batterie de surveillance aérienne. Franchement, je me demande comment ces ordures comptent s'y prendre.

— Je ne sais rien de plus que toi, mais une chose est certaine, il faut arrêter l'opération quand il est encore temps.

Brognola eut un nouveau soupir de lassitude.

— Reste près de la cabine quelques minutes encore, veux-tu ? reprit-il. Je te rappelle dès que l'ordinateur a parlé.

Bolan raccrocha et sortit de la cabine.

Rose d'Avril ouvrit la portière de la voiture et sortit dans la nuit.

— Quelles nouvelles de Hal ? demanda-t-elle aussitôt.

— D'après lui, Dante s'apprête à attaquer un

important festival de Folk Music qui doit se tenir à Riverdale, près de Los Angeles.

La jeune femme avança vers Bolan et passa tendrement un bras autour de la taille du guerrier. Celui-ci posa doucement la main sur son épaule et l'attira à lui. Ils restèrent quelques minutes ainsi enlacés, à regarder les véhicules qui passaient comme des bombes sur la route nationale.

Enfin Rose prit la parole comme si elle se parlait à elle-même :

— De braves gens paisiblement occupés à écouter de la musique... Et ces brutes sanguinaires qui vont en profiter pour les tuer sauvagement... tout ça pour d'obscures raisons politiques qui n'intéressent personne...

Dans la cabine, le téléphone se mit à sonner.

Bolan se détacha lentement de Rose d'Avril pour franchir la porte de verre. Si Hal avait les informations demandées, il y avait encore une chance d'éviter l'holocauste. Sinon...

CHAPITRE XIII

Larry le Pisseur était mort de trouille. Il avait à la main son sac de voyage en toile imperméabilisée et tournait en rond dans l'appartement, complètement paniqué. De temps en temps, au hasard, il attrapait une bricole et la jetait dans son sac : une vieille paire de lunettes de soleil, un slip qui traînait, deux stylos à bille cassés, un pull-over resté sur le dossier d'une chaise. Il paniquait tellement qu'il n'arrivait plus à réfléchir.

Dante aurait dû être de retour depuis au moins deux heures. Il avait pris la bagnole de Pisseur, et flanqué de deux durs, avait filé en vitesse pour Williamsport, tout réjoui à l'idée de ce qu'il allait faire subir à cette salope de fédé camouflée. Mais il n'était toujours pas revenu et n'avait même pas filé un coup de biniou. Peut-être les choses avaient-elles tourné au vinaigre, là-bas ? Dans ce cas, les flics n'allaient pas tarder à rappliquer ici !

Fallait que Pisseur se tire, et en vitesse

encore ! Sa sœur le laisserait bien se planquer dans son petit chalet de montagne, à condition, bien sûr, que Tom, son mari, n'en sache rien. Il n'avait jamais aimé Pisseur qui d'ailleurs le lui rendait bien !

Il passa fébrilement dans la bibliothèque et se précipita sur le bureau pour fourrer dans son sac, son portefeuille, un carnet de chèques et son carnet d'adresses. C'est alors qu'il entendit un fracas de tonnerre.

Pas une explosion, vraiment, mais bien plutôt le vacarme grinçant d'une planche de bois qui éclate. Pisseur s'immobilisa, terrifié tandis que de la bile lui remontait brusquement dans la gorge. Puis sa bouche s'affaissa et il se rendit compte qu'il bavait.

Devant lui, venait d'apparaître un immense individu tout vêtu de noir comme le diable, et qui pointait droit sur lui un horrible Beretta 93 — dont le trou noir obscène semblait narguer Pisseur. Celui-ci crut un instant que le jugement dernier venait de se matérialiser devant lui.

— Par ici, Rose, cria Bolan.

La jeune femme apparut dans la bibliothèque quelques instants plus tard après avoir fouillé les autres pièces de l'appartement. Elle tenait à deux mains un pistolet semi-automatique Linda comme s'il se fût agi d'un fusil mitrailleur.

— Je crois qu'il est seul dans l'appartement, lança-t-elle à l'adresse de Bolan.

— Nous voilà donc en petit comité ! ricana Bolan.

Pisseur laissa tomber le sac qu'il tenait encore à la main et croassa d'une voix déformée par la peur :

— Comment êtes-vous entrés ici ?

— On a fait sauter la porte, bien sûr, grinça Bolan.

— Et... Qu'est-ce que vous voulez ?

— *Dante !*

Pisseur se recroquevilla comme si Bolan l'avait frappé et recula de quelques pas pour prendre appui contre le bureau.

— Qui êtes-vous ? bredouilla-t-il. Des flics ?

— Je suis celui qui pose les questions, renvoya Bolan. Si tu refuses de parler, nos flingues le feront à ta place.

— Où est votre mandat d'arrêt ? balbutia encore Pisseur.

— Je vais te le foutre directement dans le bide sous forme de pastilles de 9 mm, si tu continues ! aboya Bolan.

Pisseur tremblait si fort maintenant qu'il dut s'agripper des deux mains au bureau. Puis il s'empara d'un fauteuil pivotant et s'y laissa tomber, tout frissonnant.

Bolan avança vers lui et lui plaqua le museau froid du Beretta sur le front.

— Une dernière fois, où est Dante ? Tout a foiré au magasin de Detroit Lynch, et ton boss s'est fait la malle en douce. A ton avis, où est-il allé se planquer ? Et comment compte-t-il gagner la Californie ?

Pisseur ne put réprimer un hoquet terrifié en comprenant que le grand homme noir savait déjà pas mal de choses. Un filet de sang apparut au coin de sa narine droite. Il renifla bruyamment, et murmura d'une voix geignarde :

— Je ne sais rien. Tuez-moi, si vous voulez, ça m'est bien égal !

Bolan jura à part lui. D'après les maigres renseignements que lui avait communiqués Hal Brognola, cette mauviette avait toujours eu des tendances rentrées au suicide. La vie, il faut le dire, ne l'avait pas beaucoup gâté, et seuls les Weathermen ne l'avaient pas rejeté. Pour obtenir de lui qu'il parle, il faudrait le cuisiner longtemps, et Bolan n'avait guère de temps.

— Ecoute-moi bien, Strohman, rugit-il à nouveau, espérant l'intimider une bonne fois, mais Rose à cet instant le tira par la manche :

— Puis-je vous parler à l'écart ? murmura-t-elle.

Bolan hocha la tête et recula de quelques pas.

— Vous êtes bien d'accord qu'il vaut mieux utiliser la peur que la souffrance, quand c'est possible ? chuchota la jeune femme.

— Parfois oui, admit Bolan.

Elle lui sourit alors en lui tendant son arme.

— Je reviens tout de suite, reprit-elle. J'ai quelque chose à prendre dans mon sac.

Bolan la regarda disparaître par la porte, puis

se tourna vers Pisseur toujours vert de peur. Quelques instants plus tard, Rose pénétrait à nouveau dans la bibliothèque et s'approcha de Pisseur, sa main gauche refermée sur quelque chose. Elle s'immobilisa devant l'extrémiste de pacotille, ouvrant brusquement la main. Dans sa paume se trouvait un petit comprimé ovale de couleur jaune.

— Avalez ceci, aboya-t-elle durement.
— Que... que... qu'est-ce que c'est ? bredouilla Pisseur.
— Ne posez pas de questions et obéissez, à moins que vous ne préfériez que mon ami ne joue du couteau sur votre jolie gueule.

Pisseur frissonna, et à regret prit la pilule entre deux doigts, l'examinant d'un air révulsé. Enfin il redressa le torse, la plaça dans sa bouche, et l'avala en fermant les paupières.

Rose d'Avril lança un rapide coup d'œil à sa montre avant d'annoncer :

— Il y en a pour cinq minutes, mais le temps vous paraîtra un peu plus long à cause de la nature de la substance chimique contenue dans ce comprimé.

— Quelle substance chimique ? glapit Pisseur visiblement aux abois.

— Oh, un produit assez simple que les services secrets soviétiques utilisent souvent. C'est une substance qui désintègre les vaisseaux sanguins. Sous peu, vous sentirez votre peau s'échauffer et vous serez pris de démangeaisons.

C'est que vos vaisseaux commenceront de se désagréger.

Brusquement le visage de Pisseur fut inondé de sueur.

— Où est Dante ? reprit Rose d'Avril de sa voix la plus persuasive.

— Pourquoi vous le dirais-je ? gémit Pisseur. De toute façon, je vais crever.

— Pas si je vous donne ceci, fit Rose toute câline, en montrant un comprimé orange, cette fois. C'est le médicament antidote du premier. Si on l'absorbe à temps, le processus de désintégration est stoppé immédiatement.

— Je... je sens les démangeaisons, et ma peau me brûle déjà ! haleta Pisseur.

— Vous avez des réactions très rapides, observa Rose en haussant les épaules. C'est une question de minutes à présent.

Pisseur sentait le sang lui couler des narines. Il l'essuya du revers de sa manche et gémit :

— C'est pire que d'habitude. Regardez comme le sang est épais !

Bolan, alors, consulta ostensiblement sa montre et fit un petit signe à Rose.

— Filons maintenant, marmonna-t-il à mi-voix. Il ne parlera pas.

— Je crains que vous n'ayez raison, répondit-elle en empochant sa petite pilule orange.

C'est alors que Pisseur hurla comme un dément :

— *Royce Banjo !*

Rose d'Avril pivota pour le regarder :

— Que vient-il faire ici ? C'est un chanteur de pop, non ?

— C'est chez lui que Dante est allé !... Ça ne peut être que là ! fit frénétiquement Pisseur, tandis que des tremblements nerveux l'agitaient de la tête aux pieds. Royce est sympathisant au mouvement des Weathermen. Il a convenu avec J. D. de le faire passer pour un remplaçant de son orchestre, de façon à l'emmener dans son avion privé jusqu'en Californie. Royce doit se produire en vedette au festival de Riverdale.

— Que sais-tu exactement de ce festival ? lui demanda alors Bolan.

— Rien ! Je vous jure...

Bolan le contempla un moment, et décida que le malheureux bougre disait sans doute la vérité.

— Okay, fit-il à Rose, allons-y.

La jeune femme envoya la pilule orange dans la direction de Pisseur. Celui-ci l'attrapa à deux mains et l'avala illico, mais sa gorge était desséchée de peur, et il dut déglutir plusieurs fois pour être sûr que la pastille n'était pas restée coincée contre sa glotte.

Bolan ensuite le ligota à un radiateur au fond de la pièce. En sortant, il passerait un coup de fil à Brognola pour lui demander d'envoyer quelqu'un s'occuper de Pisseur et le mettre en lieu sûr.

Puis l'Exécuteur et sa compagne regagnèrent leur voiture à la hâte et s'engagèrent vers la base aéronavale la plus proche où le Numéro I fédéral leur avait organisé un vol pour la Californie, à bord d'un jet de l'armée.

— Quel était donc ce mystérieux comprimé que vous lui avez donné ? s'enquit Bolan dans la voiture. Quoi qu'il contienne, il a drôlement bien fonctionné, ajouta-t-il en riant.

— C'était tout bêtement du Niacine, sourit Rose. Un vaso-dilatateur parfaitement bénin, mais très efficace, quand on a la migraine. Au demeurant, c'est vrai qu'il peut parfois donner de petites démangeaisons pendant quelques minutes.

— Et quel était votre soi-disant « antidote ».

— De la Vitamine C, tout bêtement. J'en ai toujours avec moi, en cas de fatigue subite. Vous en voulez ?

Bolan éclata de rire tout en appuyant sur l'accélérateur.

CHAPITRE XIV

— Comment me trouvez-vous ? demanda Rose en riant.

Elle sortait le cou et bombait le torse pour bien mettre en valeur ses formes généreuses sous le corsage de satin scintillant.

A travers le pare-brise, Bolan indiqua les gens qui se pressaient vers la grosse villa :

— Vous êtes beaucoup plus belle que tous les invités réunis ce soir, sourit-il. Je ne les ai pas vus, mais le sais intuitivement.

— Compte tenu du prix que j'ai payé ma tenue de soirée, je considère que c'est un compliment, fit Rose radieuse. Savez-vous, Mack, que c'est la première fois que vous m'emmenez à une soirée.

— Vous oubliez l'anniversaire de Hal, il y a quelques mois.

— D'abord l'anniversaire de Hal s'est déroulé à la Ferme de l'Homme de Pierre, rétorqua Rose, et je vous signale que c'est moi qui l'avais organisé. Alors ne prétendez pas m'y avoir emmenée.

— C'est vrai, admit Bolan de bon cœur, mais ses yeux restaient fixés devant lui, observant les invités qui garaient leurs voitures avant de se ruer vers l'entrée de l'imposante bâtisse de style espagnol construite à flanc de colline, dans ce faubourg de Los Angeles.

Bolan et Rose, qui avaient dormi dans l'avion militaire les emmenant en Californie, se sentaient à peu près d'aplomb en dépit du décalage horaire. Il était 9 heures et demie du soir, en ce samedi, veille du dimanche où devait se produire l'holocauste.

Car Bolan, s'il ignorait les détails de l'attentat prévu pour le lendemain, savait que ce serait un massacre. Zossimov était spécialiste de la mort violente, et en Dante, il avait découvert son égal dans la brutalité, la cruauté et la mégalomanie.

Il avait été aisé de trouver la trace de Royce Banjo, et Brognola avait fait surveiller l'atterrissage de son jet privé à l'aéroport. Malheureusement les célébrités sont en général fort bien équipées pour semer leurs éventuels poursuivants, qu'ils s'agissent de fans ou d'individus moins scrupuleux. Et les deux agents du FBI avaient perdu, dans Pico Boulevard, la grosse limousine à bord de laquelle Royce Banjo et J. D. Dante avaient pris place.

En revanche, la soirée prévue par le chanteur n'avait pas été bien difficile à localiser. Du reste, c'est la firme d'enregistrement de Royce Banjo qui avait loué la grande villa pour le compte de celui-ci. Les femmes de service et les traiteurs étaient arrivés tôt dans la soirée. Puis l'orchestre avait débarqué, et enfin les invités. Mais Banjo, pas plus que Dante, n'avait encore paru.

— Croyez-vous qu'il ait l'audace de donner une soirée, sans y assister ? murmura Rose d'Avril en pianotant nerveusement sur le tableau de bord.

— Ces gens-là ne sont généralement pas obsédés par les règles les plus élémentaires de la bienséance, observa philosophiquement Bolan.

— Il est peut-être arrivé par un autre accès ?

— Cela m'étonnerait qu'il soit venu à pied, à travers bois, grinça Bolan. En tout cas, nous n'allons pas attendre éternellement qu'il daigne montrer le bout de son nez. Allons-y, Rose. Nous avons quelques petites questions à poser à certains membres de l'assistance.

Rose d'Avril le regarda quitter la voiture et se diriger vers la malle d'où il tira une veste impeccable en velours côtelé. Il la passa à la hâte, et ferma le bouton du milieu.

— Vous ressemblez à un producteur de disques, lança la jeune femme, amusée. Sans doute à cause de vos manches renforcées de daim.

Bolan lui répondit par un sourire de connivence tout en glissant le Beretta dans la ceinture de son pantalon, puis, prenant la jeune femme par le bras, il l'entraîna :

— En avant, ma charmante mondaine, lança-t-il en riant. Allons danser !

Personne à l'entrée ne leur demanda leur identité : ce n'était pas le genre de la maison. La porte, au contraire, était grande ouverte pour permettre aux gens d'aller et venir librement. A l'intérieur, l'air puait la marijuana, mêlée de forts relents de transpiration.

Dans une pièce, au fond de la maison, l'orchestre jouait plein tube, et le son, dans les amplis, était si violent, que les vitres des fenêtres vibraient. Les gens se pressaient en riant, criant, parlant tous à la fois, dans un tel tintamarre qu'il était impossible de tenir une conversation normale.

Bolan mit la main en cornet autour de sa bouche, et se penchant à l'oreille de Rose, cria :

— Trouvez-moi un des musiciens de l'orchestre de Royce.

La jeune femme hocha la tête et s'éloigna. Il lui fallut un bon moment avant de dénicher quelqu'un qui fût capable de lui indiquer du doigt le bassiste de la formation de Royce.

— Par là, cria-t-elle à l'adresse de Bolan. Le gros en blouson d'aviateur avec un chapeau de cow-boy !

Rose et Bolan, main dans la main, se faufilèrent au milieu de la foule dense des invités. Apparemment, de la drogue de toute sorte circulait librement ; Bolan renifla même l'odeur âcre de la cocaïne. Dans un coin, une fille vêtue seulement d'un minuscule bikini noir et d'un nœud papillon, dansait en se trémoussant au milieu d'un cercle d'admirateurs. Plus loin, un type plus tout jeune en costume d'alpaga gris vomissait tout son saoul dans un pot de fleurs contenant un palmier nain.

Après bien des efforts, Bolan et Rose rejoignirent enfin le bassiste. Selon les renseignements de Brognola, il s'appelait Tim Manton. C'était un individu nettement plus petit que Bolan, mais qui pesait au moins vingt-cinq kilos de plus que lui. Et toute sa graisse superflue était concentrée autour de son énorme bedaine sur laquelle il avait eu le mauvais goût de serrer une grosse ceinture en cuir, fermée par une monstrueuse boucle argentée sur laquelle on pouvait lire : « Rock'n Roll mourra ! »

Le gars avait une canette de bière dans une main, et de l'autre tenait par l'épaule une môme maigrichonne qui ne pouvait avoir plus de seize ans. Le rouge à lèvres de la gosse était tout mâchuré, et lui dégoulinait sur le menton. Pour comble de malheur, elle n'arrêtait pas de glousser.

— Tim Manton ? demanda poliment Bolan.

— Lui-même et en personne, rétorqua l'intéressé en ajustant son couvre-chef de cow-boy.

Puis il termina d'un trait le contenu de sa canette, et la tendit à la môme :

— Trouve-m'en une autre, tu veux, mon chou ?

— Tout de suite, Tim, gloussa la gosse avant de partir en courant.

Le bassiste se retourna alors pour faire face à Bolan.

— Qu'y a-t-il pour votre service, mon vieux ?

Bolan sourit tout en jetant un regard circulaire circonspect avant de tendre sa main :

— Jim Melville, Production de disques R.C.A., annonça-t-il sans ciller.

Le regard de Manton s'éclaira.

— Ravi de vous connaître, Jim.

— Je sais que le moment est mal choisi, attaqua Bolan, mais ma copine vous trouve absolument super.

— Je vous adore littéralement, roucoula Rose toute rougissante.

— Merci, m'dame. C'est vrai que l'orchestre n'est pas mauvais.

— En effet, admit Bolan, mais je puis vous dire — et je vous parle en professionnel, — que vous n'y êtes pas étranger.

— Moi ? fit Manton, rayonnant subitement.

La môme maigrichonne arrivait en courant, portant la bière comme s'il s'agissait du Saint Sacrement. Elle la tendit à Tim tout en haletant :

— Tiens, Tim. J'ai fait le plus vite que j'ai pu

Manton lui arracha la canette des mains, puis :

— Et maintenant, dégage poupée ! Je te retrouverai plus tard. J'ai à parler business.

Elle frissonna sous le ton dur, et sans un mot se perdit dans la foule.

— Car c'est bien business que nous voulons parler, pas vrai ? reprit Manton avec un sourire engageant à l'adresse de Bolan.

Celui-ci lui rendit son sourire avant de protester sans grande conviction :

— Je ne voudrais tout de même pas que la concurrence m'accuse de lui faucher ses poulains. C'est mal vu dans la profession.

— On peut toujours causer au conditionnel, fit aimablement Manton. Ça ne mange pas de pain.

Bolan lança alors avec méfiance un regard circulaire dans la salle.

— Il n'y aurait pas ici un endroit plus discret ?

— Rien de tel que la grande foule pour la discrétion, rétorqua Manton en riant.

— Moi, quand je cause de milliers d'unités, j'aime mieux le faire en privé, s'obstina Bolan en regardant droit devant lui.

Les yeux de Manton s'écarquillèrent. Il passa une langue visqueuse sur les bananes qui lui servaient de lèvres.

— Suivez-moi, M. R.C.A., fit-il avec un clin d'œil de connivence.

Il fendit la foule, escorté de Rose et Bolan, pour gagner un vaste escalier tarabiscoté et de fort mauvais goût. Arrivé au second étage, il ouvrit grand une porte avant de déclarer :

— Voilà la chambre de Royce. Nous y serons à l'aise pour causer.

Un couple complètement nu se dressa sur le lit. Le type avait les tempes grisonnantes et portait une guitare bleue tatouée sur son épaule gauche. La fille n'était autre que celle qui dansait en culotte de bikini, tout à l'heure, au rez-de-chaussée. Elle avait oublié d'enlever son nœud papillon.

Tim avança dans la pièce et balança un coup de pied sauvage dans les vêtements de l'homme, au bas du lit, puis il aboya :

— Casse-toi, Gordy, et emmène tes fringues !

— Excuse-moi, Tim, fit le dénommé Gordy d'une voix pleine de langueur, et prenant ses vêtements d'une main, il saisit le bras de la fille de l'autre, pour se diriger vers la porte.

Tim Manton ferma celle-ci derrière eux d'un solide coup de pied, et se tournant vers Bolan, lança sur un petit ton d'excuse :

— On a tous besoin de lâcher un peu la vapeur, avant notre performance de demain, au festival de Riverdale.

— J'avais en effet l'intention d'y assister, admit Bolan. A propos, Royce n'est pas ici, ce soir ?

Manton haussa ses épaules de déménageur :

— A dire vrai, je n'en sais rien. Il est avec ses amis, je crois. Mais revenons à notre petite conversation : qu'est-ce que c'est que ces milliers d'unités dont vous me parliez tout à l'heure ?

— Quatre à cinq cent mille, environ.

— Dollars ! souffla Manton, impressionné.

— Non, d'individus, rétorqua Bolan.

— Quoi ? Je... je ne comprends pas...

— Où est Royce ? reprit Bolan d'une voix très dure, subitement.

Manton le regarda, puis ses yeux passèrent sur Rose qui gardait la porte.

— Que se passe-t-il ? Que voulez-vous ? lança-t-il affolé.

— On te propose un marché, reprit Bolan. Si tu nous dis où trouver Royce, on te laisse la vie sauve.

— Allez vous faire foutre ! aboya Manton en s'élançant vers la porte.

Mais d'un mouvement souple et en douceur, Bolan l'intercepta, et le repoussant, lui fit perdre l'équilibre ; le bassiste s'affala par terre.

Toujours en souplesse, Bolan se baissa, immobilisant Tim d'un genou enfoncé sur sa poitrine. Puis il saisit une de ses énormes pognes velues.

— Où est Royce ? demanda-t-il une fois encore.

— J'en sais rien, moi ! haleta le bassiste. Il ne m'a rien dit. A l'aéroport, il s'est tiré avec cet enfoiré de remplaçant qu'il a engagé à la dernière minute. Il ne vaut rien, le gars, mais c'est pas moi le patron.

— Une dernière fois, Tim, où est Royce ?
— Je ne le sais pas. Je vous le jure !

Bolan tordit alors brutalement le petit doigt de Manton vers l'arrière. Le gars poussa un hurlement qui ne réussit pourtant pas à couvrir le sinistre craquement de l'os.

— Vous m'avez cassé le doigt ! rugit Tim. Je vais plus pouvoir jouer !

— Il t'en reste encore quatre à cette main, reprit posément Bolan. Après quoi je m'attaquerai à l'autre main. En d'autres termes je te reposerai ma question encore neuf fois. Mais au bout de cinq, ça m'étonnerait que tu puisses l'entendre !

Des larmes de douleur voilaient le regard de Manton, à présent. Il réussit tout de même à bredouiller :

— C'est bon. Il me tuera s'il apprend que je l'ai vendu !

— Où est-il ? s'entêta Bolan.

— J'en sais rien, mais il m'a laissé un numéro de téléphone au cas où son agent appellerait. Faut dire qu'il a de grosses propositions d'un producteur de cinéma. Malheureusement, c'est seulement pour lui. Nous, on n'est pas de la fête.

— Tu me le donnes, ce numéro ?

Manton le récita de tête, et ajouta avec une grimace de souffrance :

— Il est sûrement avec ses loubards qui magouillent dans la politique. Drôles de givrés, ceux-là : les mecs, ils puent du bec, et les filles, elles ont de la moustache. Vous voyez ce que je veux dire...

Sans répondre, Bolan se leva, libérant Manton. Puis il sortit son Beretta et en appuya le canon sur l'estomac du bassiste, tout en marmonnant :

— T'as pas l'air dans tes pompes, Tim. Ça doit être le stress du show-business. A ta place, j'irais faire soigner ce doigt, puis je me prendrais une piaule dans un motel tranquille et j'y dormirais vingt-quatre heures d'affilée. Et surtout je ne passerais pas de coup de fil ! C'est très mauvais pour l'adrénaline, les coups de fil, et l'adrénaline, parfois ça tue ! Vu ?

— Oui, monsieur, marmonna Manton sans faire un geste.

Trois quarts d'heure plus tard, Rose et Bolan, qui avaient pris soin de donner un coup de téléphone, garaient leur voiture sur un chemin en terre battue de Laurel Canyon et contemplaient l'unique maison construite sur la petite colline joliment boisée, au-dessus du chemin. Toutes les fenêtres étaient éclairées, mais le seul bruit perceptible était celui de la brise dans les arbres.

Bolan sortit de la Pontiac de location et en ouvrit le coffre pour tendre le semi-automatique Linda à Rose.

— Ne lésinez pas sur les munitions de rechange, lui conseilla-t-il. Elles sont gracieusement offertes par l'Aéronavale de notre pays.

— Ils sont sympas, tout de même, soupira Rose d'Avril. D'abord ils nous trimballent gratis dans un de leurs avions, puis ils nous fournissent tout ce que l'on peut rêver comme munitions. Vous avez même des grenades à fragmentations !

Bolan ne répondit pas. Il inséra un chargeur neuf dans le Beretta et s'accrocha autour de la taille la ceinture militaire où étaient suspendues les grenades.

Rose d'Avril, pendant ce temps, se passait de la graisse noire sur le visage pour un rapide maquillage de camouflage.

— Pensez-vous que nous trouverons Dante ? demanda-t-elle enfin.

— Je n'en sais rien, mais je l'espère de tout cœur, avoua Bolan. En tout cas, Royce Banjo est là-haut. Nous saurons bien le faire parler.

Et saisissant la jeune femme par le bras, il l'entraîna en rampant vers la colline.

CHAPITRE XV

La sentinelle, à quinze mètres de là, se baissait dans les hauts chardons pour tenter de rallumer, à l'abri de la brise, un joint dont il ne restait plus qu'un mauvais mégot. Elle avait posé son arme — un fusil Charter Arms Ar-7 explorer de calibre .22 — dans l'herbe humide, à côté. Tenant précautionneusement le mégot minable entre le pouce et l'index, le gars gratta d'abord son allumette. La flamme scintilla un instant, puis le type porta le mégot à ses lèvres et tira une profonde bouffée de fumée douce-amère tout en approchant la flamme.

La fumée envahissait ses poumons quand le fin garrot métallique de Bolan s'incrusta brutalement dans la gorge de l'homme. Celui-ci porta deux mains furieuses à son cou pour le libérer, et dans son acharnement, ne réussit qu'à se griffer profondément la chair. Puis il vit le sang noir qui coulait lentement sur sa chemise. Quand le garrot lui sectionna la carotide, il était déjà mort.

Bolan récupéra le mince fil d'acier et laissa le cadavre s'effondrer mollement sur le sol. A la pâle lueur de la lune, il vit la fumée de marijuana s'écouler lentement par la large fente que l'homme portait à la gorge.

Sans s'attarder, Bolan fit signe à Rose d'Avril qui le rejoignit à la hâte :

— Voilà pour un, murmura-t-il.

Elle jeta un regard froid au cadavre et marmonna :

— Passons aux suivants.

La maison était encore à une cinquantaine de mètres de là, et le champ de hauts chardons constituait l'unique couvert. La baraque elle-même était entourée d'arbres fruitiers : citronniers, orangers, avocatiers. Celui qui avait construit la maison l'avait fait avec soin, et avait amoureusement disposé le jardin. Mais les occupants actuels semblaient avoir des préoccupations bien différentes. La façade de la bâtisse à deux niveaux était croûteuse, délabrée, et les pauvres arbres avaient grand besoin d'être taillés et arrosés. La plupart d'entre eux portaient sur le tronc des marques de balles comme si quelqu'un s'était amusé à les prendre pour cible. Et Bolan soudain en ressentit une bouffée de colère. Pourtant, comment s'étonner que des individus qui n'avaient aucun respect pour la vie humaine n'en aient pas non plus pour la nature ?

Ils entendirent la seconde sentinelle avant

même de la voir. Le type descendait le chemin de terre battue, cisaillant entre la demi-douzaine de voitures garées de part et d'autre de cette unique voie d'accès à la maison. Il tenait paresseusement une Winchester 1200 Defender, et tambourinait sur les ailes des bagnoles, en passant.

— Hey, Ben, lança-t-il, où t'as encore foutu mon album des Pink Floyd ? J'en ai ras le cul de te courir après, chaque fois que je veux l'écouter !

Il attendit la réponse. Silence. Aussitôt il braqua son arme droit devant lui, la maintenant à deux mains, et appela à nouveau, d'une voix moins rassurée, cette fois :

— Ben ? Qu'est-ce que tu branles ? T'es parti pisser, ou quoi ?

Et comme il n'obtenait toujours aucune réponse, il pivota d'un bond et reprit le chemin à toutes jambes. Il avait si peur qu'apparemment, il ne songea même pas à prévenir ses copains dans la baraque. Il se précipitait sur la portière d'une Continental bleu marine, quand un truc monstrueux lui sauta dessus. Des yeux tout blancs, complètement déments, brillaient dans un visage noir, comme maculé de graisse, et le mot d'Apocalypse lui traversa l'esprit tandis qu'il balançait son fusil à l'aveuglette, pour chasser la monstrueuse apparition.

Mais quelque chose lui tirait la tête en arrière, et brusquement, il sentit qu'il perdait l'équilibre.

Il luttait pour se redresser, quand il s'aperçut que c'était une femme qui lui agrippait les cheveux. Et elle tirait si fort qu'il sentit son dos se cabrer en arrière. C'est alors qu'il vit nettement son visage. Et tout de suite après, il distingua le couteau qui luisait faiblement dans sa main. Puis il sentit la lame lui transpercer le cœur.

Rose d'Avril tenait le manche du couteau d'une main ferme. Elle laissa le corps inerte tomber de son propre poids, dégageant ainsi la lame. Elle essuya soigneusement celle-ci avant de tendre l'arme silencieuse à Bolan.

— Et voilà pour deux, fit-elle.

Bolan la regarda attentivement. Il aurait aimé la serrer dans ses bras et lui murmurer des mots doux pour la réconforter. Mais l'heure n'était pas aux débordements, et il avait grand besoin de la jeune femme pour tenter son ultime chance de mener à bien la mission. Alors, si Rose était un peu secouée parce qu'elle venait de tuer un homme, elle s'en remettrait vite. Après tout, au cours de cette mission, elle avait montré plus souvent qu'à son tour qu'elle était aussi efficace sur le terrain que n'importe lequel des membres de l'Equipe de l'Homme de Pierre. L'endurance émotive lui viendrait peu à peu...

— Comment comptez-vous procéder ? s'enquit froidement la jeune femme.

Bolan reconnut l'impatience contenue dans le

ton : sans doute le résultat de la décharge d'adrénaline.

— Vous allez pénétrer dans la maison par la porte de devant, tandis que je m'occuperai de l'arrière, fit-il en consultant sa montre. Donnez-moi cinq minutes pour gagner ma position, reprit-il. Les fenêtres du premier étage sont éclairées, ce qui laisse supposer que certains de nos petits amis sont en haut. Partons du principe que les autres sont rassemblés dans le salon du rez-de-chaussée, sur le devant. Quand j'aurai fait mon entrée par l'arrière, comptez lentement jusqu'à dix. Ceux qui se trouvent au premier auront ainsi le temps de descendre, pour voir ce qui se passe. Les autres auront déjà foncé dans ma direction.

— C'est à ce moment-là que je fais mon entrée ?

— Exact. Je devrai distraire l'attention, au moins momentanément, si bien que tout le monde aura le dos tourné à vous. Alors n'hésitez pas, tirez sur tout ce qui bouge.

— Sauf sur Royce Banjo, j'imagine ?

— Si vous pouvez l'épargner en effet, ce serait préférable. Vous savez à quoi il ressemble ?

— Figurez-vous, mon cher Mack, qu'il m'arrive de lire des magazines.

— Dans ce cas, c'est parfait.

Bolan partit au petit trot, puis soudain se ravisa et revint sur ses pas. Alors prenant Rose dans ses bras, il l'embrassa sauvagement sur la bouche ; et elle lui rendit son baiser avec une violence que n'inspirait pas seulement la passion. Mais déjà Bolan la repoussait doucement et filait sans un mot.

Il traversa sans bruit le champ de chardons, contourna habilement les arbres et atteignit rapidement le flanc de la maison. Là, il se plaqua contre le mur, l'oreille aux aguets. Un objet scintillant à la lueur de la lune attira son regard : ce n'était qu'une cartouche vide de fusil qui traînait sur le sol. Levant les yeux, il vit alors un vieux fauteuil de jardin rouillé, environné de cartouches vides identiques. Sous le siège, traînaient quatre canettes de bière vides. Quelqu'un s'était amusé à jouer du fusil tout en sirotant son jus.

Et cela signifiait qu'il n'y avait pas de voisins assez proches pour être inquiétés par le bruit d'armes à feu. Ou, s'il en existait, ils étaient habitués au bruit de la pétarade. Eh bien, tant mieux car ce soir, cela risquait de tinter dur !

Bolan devait agir vite, à présent ; sous peu en effet, quelqu'un, à l'intérieur, ne manquerait pas de s'apercevoir que le fanfaron qui était sorti avec sa Winchester n'était pas rentré, et il donnerait l'alarme.

L'Exécuteur longea le mur latéral de la maison, se baissant pour éviter les fenêtres. Arrivé à l'angle, il bondirait pour s'élancer sur la porte de derrière. Mais les petits copains du chanteur pop à la manque seraient à l'évidence nombreux pour l'accueillir. Heureusement, Rose d'Avril était là, prête à faire irruption par la porte de devant. Bolan l'imagina un instant tapie dans l'ombre, son cœur battant violemment la chamade. Mais cette évocation le troublait et il essaya en vain de la chasser de son esprit. Le grand homme en noir avait appris à accepter sa mort depuis longtemps, mais parviendrait-il jamais à accepter sans ciller l'éventualité de celle de Rose d'Avril ?

L'heure n'était pourtant pas aux remords de conscience. Dans moins de deux heures, minuit sonnerait le commencement de ce dimanche maudit, et Dante et Zossimov couraient toujours en liberté...

Une fenêtre venait de s'ouvrir à moins d'un mètre de Bolan. Un individu dont les cheveux noirs bouclés étaient retenus par un bandeau rouge apparut dans son encadrement et, mettant les mains en cornet autour de sa bouche, cria dans la nuit :

— Eh Ben, dis-lui où tu l'as planqué, son putain de disque des Pink Floyd ! Steve...

En tournant légèrement la tête, le frisé au bandeau venait d'apercevoir l'ombre de Bolan. Il ouvrit la bouche pour alerter ses petits copains. Ce fut son arrêt de mort.

Le Beretta fit son œuvre. Trois balles brûlantes se fichèrent sans bruit dans la gueule du gars qui se cabra en arrière, tandis que son crâne ensanglanté percutait lourdement l'appui de la fenêtre. Puis il s'effondra dans une cacophonie de vitres brisées.

— Les flics ! hurla une voix de femme.
— Ils nous flinguent ! glapit quelqu'un d'autre.

Aussitôt Bolan entendit le bruit métallique de flingues que l'on armait. Une balle déchira la nuit, tirée d'une fenêtre, au-dessus de lui.

— Du calme ! Pas de panique, hurla à nouveau la femme. Zack, occupe-toi de la porte de derrière. James et Tina, couvrez celle de devant. Tiens, Royce, attrape ce pistolet et...

— Tu parles si je vais le faire cracher, rétorqua la voix mélodieuse, parfaitement reconnaissable, du chanteur pop.

Mais Bolan n'avait pas l'intention d'attendre que chacun prenne sa place. Il s'approcha rapidement de la porte de derrière et commença par vider une bonne partie de son chargeur dans le linteau de bois. Il entendit un cri étouffé, puis quelqu'un qui s'effondrait.

— Gaffe ! glapit à nouveau la femme. Ils attaquent par l'arrière !

Bolan balança encore quelques balles dans la porte, puis glissa à nouveau sur le côté de la maison. Il entendit exploser la vitre de la fenêtre de la cuisine, au-dessus de l'évier, puis quelqu'un tira à l'aveuglette dans la nuit.

— Combien sont-ils ? s'enquit anxieusement la femme.

— On peut pas voir, dans le noir, lui répondit-on.

— Vous voyez les bagnoles des poulets ? demanda à son tour Royce.

— C'est pas des flics, ricana la femme. Les poulets, ça prévient avant de passer à l'attaque !

— Alors quels sont les salauds qui... ?

La question resta inachevée, et personne n'y répondit.

Bolan s'accroupit sur le sol tout contre le mur de la maison. A moins de deux mètres devant lui, il voyait la fenêtre fracassée où il avait abattu l'homme au bandeau. Et de l'appui de fenêtre dépassait un canon de fusil qui oscillait de gauche à droite, cherchant une cible.

Bolan songea alors brusquement à Rose d'Avril. Elle aurait dû déjà bondir par la porte de devant, mais voyant que tout ne se déroulait pas comme prévu, sans doute attendait-elle un signal.

Eh bien, elle l'aurait son signal, se dit Bolan en arrachant de sa ceinture une grenade R.G.D. —5. Un signal de 110 grammes de T.N.T... mieux qu'une enseigne au néon, non ?

L'Exécuteur rampa sans bruit à quatre pattes pour se trouver juste en dessous de la fenêtre béante. D'un coup de dent, il dégoupilla son engin de mort et le balança en douceur dans l'encadrement de la fenêtre.

Le gars posté derrière l'appui poussa un rugissement inhumain, englouti moins de trois secondes plus tard par le fracas démentiel de l'explosion. La fenêtre vomit une épaisse fumée semblable au souffle fétide d'un dragon en furie. Dans l'air épais de plâtre et de poussière, le corps déchiqueté de l'homme se cabra vers le ciel, avant de retomber lourdement à côté de sa Winchester transformée en ferraille. Son bras droit atterrit dix mètres plus loin dans le jardin, juste au pied d'un avocatier.

La voix paniquée de Royce retentit de nouveau :

— La fenêtre !

La femme hurla à son tour :

— On est attaqué par un côté seulement. C'est sûrement un mec tout seul.

— Alors il est dingue ! répondit quelqu'un.

Bolan, à croupetons, avait déjà regagné le derrière de la maison et dégoupillait une seconde grenade identique à la première ; il la balança par la fenêtre, au-dessus de l'évier. L'explosion déclencha une nouvelle cacophonie de hurlements d'agonie, tandis que les murs et tout le contenu de la cuisine volaient en éclats et qu'un épais nuage de fumée âcre s'échappait par la petite fenêtre. Bolan entendit une voix d'homme déformée par la souffrance, hurler :

— Ma gueule ! Ma gueule !

Mais déjà, des pas pesants accouraient vers l'arrière de la baraque. Bolan plongea rapidement sous un oranger, tandis que les balles sifflaient tous azimuts dans l'air de la nuit, arrachant les feuilles de l'arbre sous lequel il était réfugié. Il dénombra bientôt cinq énergumènes qui tiraient à l'aveuglette depuis les fenêtres de la cuisine délabrée. Il plongea alors sur le sol, face contre terre.

Il sentit une brûlure fulgurante dans le gras de son épaule, vit aussitôt l'estafilade dans la combinaison noire et le sang qui apparaissait tel un lézard rouge. Mais son sens du combat était trop en éveil pour lui permettre de ressentir la douleur. Il souffrirait plus tard, s'il y avait un plus tard...

Il attendit quelques secondes, crispé, tendu, marmonnant sans même s'en rendre compte :

— Maintenant, Rose, allez-y ! Foncez !

Et soudain, le crépitement monotone de la fusillade, dans la maison, changea de ton : c'était l'aboiement furieux du Linda de Rose que l'on entendait à présent, comme la jeune femme ratissait consciencieusement tout ce qui bougeait avec une grêle de 9 mm fracassantes.

Bolan bondit sur ses pieds et traversa en diagonale le petit jardin. Au passage, il tira deux balles vers le ciel, espérant que Rose y entendrait sa réponse à la fusillade du Linda. Puis, d'un bond prodigieux, il sauta par la fenêtre où, quelques minutes plus tôt, il avait abattu l'homme au bandeau rouge. En retombant dans la pièce, son pied heurta le cadavre de l'homme affalé sur le plancher, baignant dans la mare de son sang et de ses tripes. Bolan avança de quelques foulées rageuses, puis s'immobilisa, son Beretta au poing.

Rose venait d'apparaître, tenant trois prisonniers en joue au bout du Linda.

— Décidément, vous êtes bien comme tous les hommes, soupira-t-elle avec un tendre sourire. Vous me sonnez uniquement pour faire le ménage !

— Bilan ?

— Cinq morts plus un en train de mourir d'une hémorragie interne. Un blessé grave, deux légers, et deux indemnes.

— Et Dante ? s'enquit aussitôt Bolan.

Mais Rose secoua la tête :

— Il n'est pas ici.

— Dans ces conditions, reprit Bolan, au boulot !

Une femme prisonnière prit alors la parole :

— Qu'allez-vous faire de nous ?

Bolan reconnut aussitôt la voix : c'était celle de la fille qui orchestrait la situation, tout à l'heure, quand l'attaque avait commencé. Elle affichait une trentaine d'années et avait un visage dur et constellé de cicatrices d'acné.

— C'est moi qui pose les questions ! rétorqua sèchement l'Exécuteur.

— Vous êtes quoi, exactement ? ricana-t-elle. Un genre de flic défroqué ?

Bolan avança de quelques pas dans la pièce. Celle-ci ressemblait à un décor d'Apocalypse :

tout y était détruit et maculé de sang, les vitres cassées, les murs labourés d'éclats de balles et de projectiles divers, et au milieu du plancher, gisait une main humaine égarée, toute souillée de sang. Bolan l'évita pour aller se planter devant les prisonniers assis en ligne contre le mur du fond.

Royce Banjo le fusilla du regard :

— Sais-tu qui je suis, mec !

Difficile de ne pas le reconnaître : sa photo s'étalait dans tous les journaux et magazines. Il avait des cheveux noirs tressés à la façon des nègres de certaines tribus d'Afrique, et y avait piqué, çà et là, des plumes de couleur. Il tenait une main appuyée contre sa hanche d'où s'écoulait un peu de sang. Sans doute avait-il été touché par un éclat de grenade.

— Nous n'avons strictement rien à vous dire, déclara la femme en croisant les bras sur sa poitrine.

Et lançant un coup d'œil méfiant à Royce, elle ajouta :

— Aucun d'entre nous ne parlera.

Bolan surprit le regard et comprit aussitôt qu'elle avait moins confiance dans le chanteur qu'elle n'aimait à le proclamer. Pourquoi ? N'était-il pas l'un des leurs ?

— Dis donc, Royce, reprit Bolan, t'avais pas vraiment l'intention de te produire à ce festival, pas vrai ?

— Tuez-nous si vous voulez, intervint nerveusement la femme. Vous ne tirerez rien de nous.

Bolan lui lança un regard aigu :

— Pour quelqu'un qui ne veut pas parler, je trouve que tu causes pas mal, observa-t-il.

— O.K., Lynn, s'interposa alors Royce, t'inquiète pas, je peux tenir tête à ce mec.

— C'est vrai que vous venez de nous le prouver, M. Banjo, ricana aimablement Rose. On a vu de quoi vous étiez capable !

— Allons, allons, fit Bolan apaisant, ne soyons pas trop durs avec M. Banjo. Il ne sait pas encore que nous venons de lui sauver la vie !

— En bousillant ma jambe, peut-être ? glapit le chanteur.

— Mais non ! Tout simplement en vous empêchant de prendre part à ce festival de Riverdale, sourit Bolan.

— Vous divaguez, ou quoi ?

— Demandez-le-lui, fit Bolan en indiquant Lynn du canon de son Beretta. Elle sait de quoi je parle ! Pas vrai, Mignonne ?

— Allez vous faire foutre !

— Que raconte-t-il, Lynn, tu peux me dire ? s'enquit alors Royce, vaguement étonné.

— Rien, fit la fille d'un air buté. Il dit n'importe quoi pour nous diviser afin que l'un de nous lui révèle où est J. D.

Et se tournant vers Bolan, elle ajouta avec un air de souverain mépris :

— Mais vous ne le trouverez jamais ! Jamais, vous m'entendez ?

Bolan secoua doucement la tête :

— Lynn, ce n'est pas très gentil de ne pas dire toute la vérité à votre petit copain ! Vous oubliez de lui préciser qu'il était censé mourir avec tous les autres, pendant sa performance au festival !

— Vous êtes cinglé, mec, s'exclama le chanteur avec un rire forcé.

— Ne l'écoute pas, Royce, reprit Lynn. Il invente n'importe quoi !

Bolan s'avança d'un pas vers le chanteur et le regarda droit dans les yeux avant de lui demander posément :

— Tu savais ce qu'ils avaient l'intention de faire, pendant ce festival, Royce, pas vrai ?

— Comment cela ?

— Mais si ! Ils t'avaient bien dit qu'ils comptaient tuer des centaines de milliers de personnes ! Et comme tu te serais trouvé là au bon moment, t'aurais fait partie des victimes.

Furieux, Royce fit mine de se lever, mais la douleur à sa hanche se fit si violente qu'il retomba en arrière.

— Vous mentez, mec, croassa-t-il. Jamais J. D. m'aurait fait un truc pareil.

— A ton avis, c'est quoi, le mouvement des Weathermen, reprit paisiblement Bolan. Un club de relations pour les âmes esseulées ?

— Je ne vois pas pourquoi J. D. me ferait du mal ou chercherait à me nuire, reprit Joyce. Je lui ai donné plein de fric pour son mouvement, et ses hommes sont mes amis.

Bolan hocha lentement la tête avec un sourire méprisant :

— Franchement, je me demande si tu n'es pas encore plus pitoyable que Dante, mon pauvre Royce. J. D. au moins appelle un chat un chat, et se sait prêt à n'importe quoi, et à utiliser n'importe qui pour arriver à ses fins. Mais toi, tu t'imagines que tu peux jouer Robin des Bois sans paumer une seule de tes jolies plumes ! Il est grand temps de regarder la vérité en face, Royce. Dante s'est servi de toi pour se faire transporter incognito jusqu'en Californie et pour que tu lui donnes un laissez-passer pour le festival. Quand son coup sera terminé, toi, tu seras mort, et lui, il s'évanouira dans la nature.

Le visage de Royce lentement se décomposait. La vérité brusquement s'imposait à lui.

— Il ment, Royce ! siffla Lynn.

— Ferme ta gueule, tu veux ? rétorqua calmement le chanteur.

Lynn se tourna alors vers Bolan :

— De toute façon, vous n'y êtes pas du tout, espèce de sale menteur ! Vous prêchez le faux pour savoir le vrai ! Bien sûr J. D. avait sa petite idée en tête pour que notre mouvement acquiert enfin l'importance politique qu'il mérite depuis longtemps, mais il nous a juré qu'il n'y aurait que très peu de victimes.

Bolan la fusilla du regard :

— Où est-il ? marmonna-t-il.

— Je... je... ne sais pas, fit Lynn, et Bolan remarqua que pour la première fois, sa voix tremblait un peu.

— Elle dit la vérité, s'interposa Royce d'un ton las. Vous savez, Dante ne fait ses confidences à personne. Tout ce que je sais, c'est que sa nana est venu le chercher dans son break Dodge, il y a deux heures environ.

— Pauvre petit con ! rugit Lynn. Attends que je dise à Dante que...

Mais Royce la coupa net d'un revers de la main si violent que la lèvre de la fille éclata. Celle-ci se prit le visage dans les mains sans une plainte, tandis que Royce poursuivait très calmement à l'adresse de Bolan :

— La gonzesse de Dante s'appelle Melissa. Elle habite un duplex à la Marina.

Et tout en donnant l'adresse à Bolan, il éclata d'un rire amer en soupirant :

— Quand je pense que c'est moi qui ai payé la piaule !

— Pensez-vous qu'ils soient là-bas, en ce moment ? demanda anxieusement Rose.

Royce haussa les épaules :

— Franchement, je n'en sais rien. Dante est peut-être déjà sur le campus pour s'occuper de mon installation sono. Je lui ai fait avoir un laissez-passer permanent pour qu'il surveille mon matériel.

— Pensez-vous qu'il ait pu cacher des charges

d'explosif dans votre équipement ? s'enquit Bolan.

— Impossible, non, répondit résolument Royce. Tout ce qui entre sur le campus est passé à un système de rayons spéciaux pour détecter la présence éventuelle de bombes ou d'engins meurtriers.

— Alors comment compte-t-il s'y prendre ? soupira Bolan. Par quel moyen envisage-t-il de faire sauter un demi-million de personnes ?

— Vous ne le saurez jamais, mais il le fera, réussit à persifler Lynn qui semblait avoir récupéré du coup que lui avait infligé Royce. Et vous ne pourrez rien faire pour l'en empêcher !

— Je l'arrêterai pourtant, lui promit Bolan. Mais en était-il si sûr ?

CHAPITRE XVI

— Vous trouvez des choses intéressantes, dans la salle de bains ? lança Bolan.

— Pas vraiment, non, lui cria Rose en retour. Je puis vous dire que la fille se lave avec du savon « cadum », se désodorise avec « odorono », se brosse les dents avec « vademecum », et utilise un diaphragme comme moyen anticonceptionnel. Mais cela ne nous avance guère.

— En effet, soupira Bolan en vidant le contenu d'un tiroir de la commode sur le lit de la chambre à coucher.

Des slips, des soutiens-gorge, des collants de nylon s'éparpillèrent. Bolan les palpa consciencieusement avant de les balancer par terre avec les autres vêtements trouvés dans les placards qu'il avait déjà fouillés.

Rose d'Avril apparut dans l'encadrement de la porte :

— Peut-être devrions-nous partir pour ce maudit festival, fit-elle d'une voix aussi paisible que possible. Nous risquons de trouver pas mal de monde sur le chemin.

— Je suis bien d'accord, mais cela nous amènera à quoi, exactement ? Même si par miracle nous arrivions à localiser Dante et à le neutraliser, Zossimov serait toujours en liberté. Et nous n'avons pas la moindre idée de l'endroit où il se trouve.

— D'après le dossier, c'est lui qui doit déclencher la phase finale de l'opération, murmura Rose comme si elle se parlait à elle-même.

— C'est bien le problème ; et quelque chose me dit que Dante, si nous parvenons à le coincer vivant, ne nous apprendra rien. Alors, où en serons-nous ? Et où en seront les cinq cent mille personnes réunies pour le festival ?

Rose s'approcha lentement de Bolan et posa une main tendre sur son épaule :

— Que redoutez-vous exactement, Mack ? s'enquit-elle. D'après les faux durs que nous avons pris à Laurel Canyon, il ne s'agirait que d'une manœuvre destinée à affoler la foule. Mais vous semblez convaincu que l'attentat prévu est infiniment plus grave et plus meurtrier.

— Je le sais en effet, et outre mon intuition c'est mon sens logique qui m'en donne la certitude. Zossimov ne se mouillerait pas dans un petit attentat de banlieue sans grand retentissement international. Et peut-être même a-t-il essayé de doubler Dante et ses maudits

Weathermen, leur faisant croire que l'attaque se déroulerait d'une certaine manière, alors qu'il l'a prévue tout autrement. Or, c'est lui qui tirera les ficelles, au dernier moment. Et pour nous, il sera trop tard pour agir.

— Si je comprends bien, Dante n'est qu'un pantin entre les mains de Zossimov ?

— Je le crains, en effet. Et si nous ne découvrons pas dans l'heure qui suit comment l'agent soviétique compte s'y prendre pour anéantir un demi-million de personnes, il va y avoir la queue dans toutes les entreprises de pompes funèbres du pays, pendant les quelques jours à venir.

Tout en parlant, Bolan avait guidé Rose d'Avril jusque dans le salon. Une grande baie vitrée occupait tout un mur, dominant la superbe marina Del Ray. Rose contempla un instant les jolis voiliers qui entraient et sortaient, avant d'observer :

— Pas mal tout de même cet appartement !

— Royce n'a pas lésiné, grinça Bolan.

— Enfin, Mack, pourquoi des gens comme Royce perdent-ils leur temps et leur argent avec des tordus comme ces Weathermen ? s'enquit subitement Rose. La vie leur donne tout ce qu'ils peuvent en attendre : la fortune, la célébrité, le succès. Que cherchent-ils de plus ?

— Je ne crois pas qu'il faille chercher des motivations psychologiques bien compliquées, soupira Bolan. Ces gens-là sont trop gâtés par la vie, et veulent mettre du piment dans leur existence. Rappelez-vous cette petite starlette au magasin de plongée. Comment s'appelait-elle, déjà ?

— Carly Carlyle.

— Sans doute avait-elle besoin de vivre dangereusement. Ça l'excitait. Le joueur de football à la manque, Dolph Connors, obéissait sans doute à une motivation un peu différente. Il redoutait qu'on le prenne pour un paquet de muscles ambulants et était flatté de côtoyer ce qu'il considérait comme des intellectuels.

— Et Royce Banjo ? Que cherchait-il avec les Weathermen ?

Bolan sourit :

— Son cas, je pense, n'est pas tout à fait le même. N'oubliez pas que Banjo, qui est issu d'une famille très pauvre, est né dans un taudis des faubourgs d'Atlanta. Et je pense qu'à un moment donné, tout l'argent qu'il gagnait si facilement l'a culpabilisé. Alors, pour se sentir plus à l'aise dans sa peau, il a recherché une « grande cause », comme on dit, et il faut avouer qu'il est bien tombé !

Rose sans répondre s'approcha lentement de la baie vitrée et contempla le port en silence. Derrière elle, Bolan faisait nerveusement les cent pas. Brusquement il soupira :

— Si seulement je pouvais trouver...

Il s'interrompit au milieu de sa phrase, les yeux fixés devant lui. Le mur du fond de la pièce était tapissé d'étagères en glace, serties d'acier. Sur l'une d'elles se trouvaient une superbe chaîne stéréo Toshiba avec magnétophone incorporé, une télé à écran géant R.C.A., et enfin un magnétoscope J.V.C. Les deux étagères, au-dessus, étaient remplies de cassettes vidéo.

Bolan s'approcha du mur, et sortit les cassettes pour en lire les titres à haute voix : « French Connection », « M.A.S.H. »... puis il se tut et continua de déchiffrer mentalement les titres.

— Que regardez-vous, Mack ? s'enquit Rose en se détournant de la fenêtre.

— Rien de précis, vraiment. Mais tous les gens que nous rencontrons dans cette mission semblent obsédés par le matériel vidéo. Qu'en font-ils, bon sang ? Se servent-ils de leurs magnétoscopes pour enregistrer les informations quotidiennes ?

Rose d'Avril à son tour s'était approchée et regardait les titres des cassettes : « Sex Machine », « Debbie va à Dallas »...

— Ce sont de bons films, observa-t-elle d'une voix absente.

— Tenez, essayons de passer celles-ci, fit Bolan en tendant deux vidéo cassettes à Rose. Elles n'ont pas de titre.

La jeune femme brancha la télé, puis le magnétoscope, et enfin, inséra la première cassette. L'image sauta pendant quelques secondes avant de se stabiliser, et le visage célèbre de Dan

Rather, directeur du festival de Riverdale, apparut sur l'écran, tandis que sa voix résonnait dans l'appareil avec autorité.

— Comme celui de Woodstock, il y a bien des années déjà, le festival de Riverdale tente ce que des leaders politiques et des chefs religieux s'efforcent de réaliser sans succès depuis des siècles : une grande fraternité d'hommes et de femmes de tous les âges, toutes les races, toutes les religions, réunis par une passion commune : la musique.

Sur l'écran apparurent alors des jeunes gens en train de danser en se contorsionnant. Puis, par un fondu enchaîné savant, on passa à des couples plus âgés tendrement enlacés, et enfin à des enfants occupés à sautiller en cadence dans une vaste prairie.

La caméra cadrait ensuite le visage de Cat Stevens en train de chanter, puis, au moyen d'un travelling aérien, prenait du recul pour dominer une foule de plusieurs milliers de personnes assises dans l'herbe.

La voix de Dan Rather reprenait :

— A en juger par le nombre impressionnant de fans déjà rassemblés sur le campus de Riverdale, on peut raisonnablement espérer que le festival atteindra son objectif.

Le reste de la bande ne contenait que des flashes d'information de stations locales, annonçant le festival.

Bolan passa la seconde bande. Elle contenait à peu près la même chose.

— A quoi sert ce type de documents ? demanda Rose tout en observant l'écran.

— Sans doute à prévoir comment les événements vont se dérouler, et de là, à mieux en organiser le déroulement pour éviter tout risque de bavure. Quant à nos petits amis, ils s'en servent sûrement pour mieux programmer l'infâme projet qu'ils ont dans la tête.

Ils regardèrent la bande jusqu'au bout ; ils virent d'abord une interview de l'enfant prodige Leonard Zeno, producteur et réalisateur de cinéma à l'âge de quatorze ans. Puis la caméra montra de nouvelles vues aériennes de la foule énorme rassemblée sur le campus, se stabilisant par instants sur des groupes qui dansaient ou sur des orchestres amateurs qui s'organisaient. Elle passa ensuite sous le podium tournant, montrant comment était agencé le matériel électronique et acoustique, n'hésitant pas à fouiller les moindres recoins de ce labyrinthe digne du meilleur roman de science-fiction.

Vinrent ensuite des avions qui inscrivaient dans le ciel, au-dessus de la foule en délire, les noms des chanteurs-vedettes en géantes lettres de fumée blanche ; puis des statistiques sur le nombre de centres de soins d'urgence, le nombre de distributeurs de sandwiches et de boissons, le nombre d'installations sanitaires nécessaires pour assurer le confort et la sécurité de pareil rassemblement.

Avant même la fin de la bande, Bolan se leva d'un bond, et coupant le vidéoscope, saisit Rose d'Avril par le bras pour l'entraîner presque brutalement vers la porte.

— Mack, que vous arrive-t-il ? s'enquit la jeune femme d'une voix inquiète.

— J'ai compris ce qu'ils ont dans la tête, aboya Bolan d'une voix rauque. Et c'est bien pire encore que tout ce que nous pouvions imaginer.

S'immobilisant sur le seuil de la porte, il regarda Rose droit dans les yeux avant de déclarer d'une voix presque triomphante :

— Souvenez-vous, Rose : *l'émetteur ;* c'est lui la pièce maîtresse de cette abominable machinerie !

CHAPITRE XVII

— T'inquiète pas, Poupée, tout marchera comme sur des roulettes !

Elle hocha la tête, avec un pauvre sourire, tout en murmurant :

— Je sais, J. D.

— Faut me faire confiance, reprit Dante en lui tapotant gentiment le bras.

— Tu sais bien que je te suivrai jusqu'au bout du monde les yeux fermés !

— Alors tout va bien.

— C'est simplement que j'ai un tempérament un peu angoissé, murmura à nouveau la fille, comme si elle se parlait à elle-même.

Les doigts cessèrent aussitôt de la tapoter pour pincer durement la chair pâle, tandis que le visage de Dante était défiguré de rage :

— Garde tes angoisses pour toi, marmonna-t-il durement. Elles me filent la colique !

— D'accord, J. D., promis, je ne t'en parlerai plus, gémit la fille en s'efforçant en vain de dégager son bras.

Mais Dante le serrerait encore plus fort, et finalement relâcha sa prise avec un rire sardonique. La fille tituba contre le break Dodge, et passa une main tremblante sur son bras pour le masser. Sans davantage s'occuper d'elle, Dante se pencha à l'intérieur du break et lança :

— Attrape ce truc, et porte-le, tu veux ?

Melissa se pencha à son tour et tira, parmi tout un attirail d'appareils électroniques, la caisse de métal que lui indiquait Dante.

— C'est quoi ? s'enquit-elle.
— T'inquiète ! Fais ce que je te dis.

Dante qui fourrageait dans l'arrière de la voiture se redressa un instant et, relevant discrètement la jambe de son pantalon, tira le Colt .45 M-1911 qu'il avait coincé dans sa botte.

— Cette saloperie me file des démangeaisons ! ragea-t-il en se grattant furieusement.

— Je peux le prendre dans mon sac, si tu veux, proposa timidement Melissa, anxieuse de regagner ses bonnes grâces.

Dante cessa de se gratter pour la regarder bien en face, un sourire amusé mais cruel sur le visage :

— Ecoute-moi bien, Poupée, fit-il les dents serrées, je t'aime bien, c'est vrai, mais pas au point de te confier mon flingue ! Ça, jamais ! Vu ?

Melissa baissa la tête tout en murmurant :
— Bien sûr, J. D., je comprends.
— Ça vaut mieux pour toi ! Dis-toi qu'on

n'est pas venu jouer à papa-maman, ici. On va balancer un message au monde entier, t'as compris ? Un message disant clairement quelles sont nos exigences, et sois sûr qu'on nous comprendra !

Melissa le regarda avec des yeux embués d'admiration. Oui, Dante était un leader, et il savait remuer les foules. C'est bien pour cela qu'elle le suivrait jusqu'au bout du monde, et que pour lui, elle ferait n'importe quoi ! Ah, si son imbécile de père pouvait la voir, du haut de sa chaire d'Histoire, à l'université ! Il comprendrait combien Dante l'avait profondément transformée ! Et il comprendrait aussi qu'elle ne regrettait rien de ce qu'elle avait fait pour lui, jusqu'à ce jour : ni les hold-up, ni les attaques à main armée, rien ! Elle referait tout, exactement de la même façon, si c'était à refaire pour prouver à Dante son amour, et pour que le monde entier sache ce dont elle était capable...

J. D. prit une profonde inspiration, s'emparant d'une lourde caisse et ferma la portière du break.

— En avant, Poupée, lança-t-il, soudain radouci. La fête continue.

Les bras chargés, ils se dirigèrent vers l'entrée du personnel technique, juste sous le monstrueux podium. Melissa avait du mal à suivre, tant la caisse métallique qu'elle transportait était lourde. Dante lui jeta un regard par-dessus l'épaule, et voyant qu'elle peinait, lança d'une voix mauvaise :

— Gaffe, Poupée ! Si tu largues ce truc, je te fous une balle dans la tête !

Bolan passa les jumelles à Rose tout en lui indiquant un point assez éloigné :
— Vous voyez le break ?
— Oui, et je les vois aussi. Ils déchargent du matériel, dirait-on ?
— En effet.
Elle baissa les jumelles et regarda Bolan.
— Vous pensez que ce matériel fait partie de leur dispositif ?
— Il contient certainement l'émetteur destiné à contacter Zossimov, et sans doute aussi une sorte de minuterie pour laisser à Dante le temps de filer avant que l'holocauste commence.
— Il faut donc débrancher cet émetteur et mettre la main sur Dante, murmura Rose.
— Dante d'abord, marmonna Bolan en regardant droit devant lui. Et Zossimov ensuite.

— C'est gigantesque, ici, souffla Melissa avec un regard circulaire à l'espace immense dans lequel ils venaient de pénétrer.
Ils se trouvaient à présent sous le podium ; celui-ci n'était pas une scène ordinaire, mais une vaste plate-forme surélevée et qui tournait lentement grâce à d'énormes systèmes d'engrenage, permettant ainsi aux artistes qui se produisaient

de faire face tour à tour à la totalité du public installé en rond. La plate-forme était posée à même la structure de béton où venaient de pénétrer Dante et Melissa. Au-dessus d'eux, Willie Nelson chantait : « Si t'as le fric, moi, j'ai le temps. » L'espace était bourré d'appareillages électroniques et acoustiques de toutes sortes.

Dante claqua dans ses doigts pour attirer l'attention de Melissa. Celle-ci lui tendit la lourde caisse de métal qu'elle portait dans ses bras, tout en demandant timidement :

— Qu'y a-t-il dedans, J. D. ? Tu ne me le diras donc jamais ?

Dante consulta sa montre d'un air entendu avant de murmurer :

— T'en fais pas, Poupée, dans moins d'une heure, tu sauras tout, et le monde entier saura aussi. Mais pour l'instant, magne-toi le cul, et file à la bagnole pour m'attendre.

— T'en as pour longtemps ? fit-elle, nerveuse.

— Me dis pas que t'as encore tes vapeurs !

— Je posais la question par simple curiosité.

J. D. éclata d'un rire mauvais :

— O.K. ! File à la bagnole et mets le moteur en marche. J'arrive dans moins de deux minutes. Prépare aussi les laissez-passer parce que, quand j'aurai branché ce joujou, on a intérêt à pas traîner ici. Dès que Zossimov recevra le signal, ça va péter des flammes !

D'un geste sec, Rose d'Avril dégagea le magasin du Linda pour y enclencher un chargeur de trente et une balles.

— Prête ! fit-elle à l'adresse de Bolan.

Celui-ci jeta un nouveau regard à travers ses jumelles, avant de commenter doucement :

— Elle revient vers la voiture... elle se met au volant... O.K., on y va, ajouta-t-il en ouvrant la portière de la Pontiac.

La voiture se trouvait sur le parking réservé aux officiels dans l'enceinte même du festival, grâce à un laissez-passer permanent fourni en dernière minute par Hal Brognola. L'air était tout vibrant de musique, et Rose et Bolan eurent soudain l'impression de faire partie de la fête. Bolan avait échangé la combinaison noire contre une tenue moins voyante : jeans et gros chandail de laine bleu marine. Il passa prestement le Beretta dans la ceinture de son pantalon sous le chandail, et sortit de la Pontiac.

Jetant un regard circulaire, il vit des centaines de milliers de personnes assises en cercle dans une gigantesque prairie, comme des pâquerettes au printemps. Les amateurs de musique continuaient d'arriver nombreux, ainsi qu'en témoignait la foule qui se pressait aux guichets d'entrée et les voitures qui faisaient la queue devant les parkings bondés.

— Occupez-vous de la fille, lança Bolan à Rose. Et souvenez-vous, il ne faut plus qu'elle contacte qui que ce soit ! Nous ne voulons pas de prisonniers !

Rose hocha la tête et sortit à la hâte de la voiture, le Linda soigneusement dissimulé dans son sac fourre-tout, en bandoulière sur son épaule.

Bolan se dirigea d'un pas rapide vers la porte où il avait vu disparaître Dante quelques minutes plus tôt. Il l'ouvrit aussitôt pour pénétrer dans un immense espace clos, sans autre porte ni fenêtre, tout bourdonnant des échos de la chanson de Willie Nelson.

Il n'avait pas eu le temps de refermer la porte derrière lui que le premier coup de feu claquait sèchement.

*
* *

Melissa appuya nerveusement sur l'accélérateur : le vrombissement du moteur la rassurait, en quelque sorte, mais elle était trop angoissée pour tenir en place et se tortillait sans arrêt sur son siège. Des gens allaient mourir, elle le savait. J. D. lui avait assuré qu'il y aurait très peu de victimes, seulement des blessés légers. Il lui avait dit que l'attentat ferait plus de peur que de mal... N'empêche qu'il y aurait quand même des morts... c'était inévitable...

Melissa regarda nerveusement la foule rassemblée en contrebas. Qui d'entre ces millions de gens allait mourir ?

Du coin de l'œil, elle vit un mouvement par la vitre de la portière. Elle se tourna. Rien d'anormal : une jolie fille qui avançait dans la direction du break. Pas inquiétant vraiment. Les jolies filles étaient nombreuses sur le campus, aujourd'hui... mais celle-ci tout de même avait sur le visage une expression que Melissa n'aimait pas... un air de froide détermination... oui, Melissa avait trouvé : elle avait vaguement l'air d'un flic...

Melissa tira de sous son siège le Walther P .38, le même qui lui avait servi à abattre le caissier de la banque qu'elle avait attaquée avec Dante, le mois dernier. Elle en vérifia rapidement le chargeur, il était complet : huit balles de calibre 9 mm. Puis elle jeta un nouveau regard anxieux par les vitres des deux portières.

Peut-être était-elle stupide et ridiculement nerveuse, mais ce n'était pas le moment de courir le moindre risque...

Elle tira le frein à main, sortit de la voiture pour déverrouiller les deux portières arrière, et en laissa une à peine entrouverte, comme si quelqu'un l'avait mal fermée par mégarde. Puis, elle se faufila à nouveau dans le break, et se recroquevilla contre le dossier de son siège, afin qu'on ne puisse pas la voir par le pare-brise. Elle tenait à deux mains le Walther P .38, dont le museau noir était dirigé vers l'arrière de la voiture.

— Approche-toi un peu, salope, murmura-t-elle.

Rose d'Avril avançait rapidement, le visage tendu.

La musique qui résonnait de toute part avait quelque chose d'excitant et d'angoissant à la fois. Surtout le martèlement des pieds de ces milliers de personnes qui frappaient le sol en cadence...

La jeune femme approcha de l'arrière du break, serrant son fourre-tout contre son bras pour y sentir la présence rassurante du Linda.

Elle remarqua vite qu'une des portières arrière n'était pas tout à fait fermée. Dante et la fille étaient partis trop précipitamment, tout à l'heure, et n'y avaient pas prêté attention...

Elle plongea la main droite dans son sac pour saisir la crosse du Linda, tandis que sa main gauche effleurait la poignée chromée de la portière arrière du break.

*
* *

Bolan roula sur lui-même, sur le sol de béton brut. La poussière épaisse lui brûlait les poumons.

La balle de Dante s'était fichée dans l'encadrement en bois de la porte, mais avec le bruit de la musique, la détonation était passée inaperçue.

Bolan roulait encore, et ne s'arrêta que lorsqu'il fut à l'abri derrière un énorme ampli stocké là, sans doute en cas de panne. Une nouvelle balle ricocha sur la paroi métallique de la caisse, avant de se ficher dans la dalle de béton qui constituait le sol.

— Hé, hurla Bolan depuis son couvert, qu'est-ce qui vous prend ? Je suis venu vérifier la mécanique de la plate-forme. Je fais mon boulot, moi !

— Te fous pas de ma gueule, connard ! rugit Dante. On vérifie ce bordel tournant deux fois par jour, une le matin, une le soir ! Tu crois que je ne suis pas au courant ?

Bolan leva alors lentement la main armée du Beretta dans la direction d'où venait la voix, et tira : mais la balle se ficha dans un des gros poteaux de soutènement du podium, derrière lequel Dante s'était mis à couvert. Elle percuta le métal avec un bruit sec et grinçant, sans faire de dégâts.

— O.K., hurla Dante, puisque tu veux jouer les durs, allons-y !

Bolan crut entendre la peur dans sa voix. Cela signifiait qu'il avait déjà branché sa minuterie, songea l'Exécuteur avec effroi. Il fallait absolument stopper le mécanisme de l'émetteur avant qu'il expédie son signal à Zossimov qui déclencherait le massacre !

Bolan bondit sauvagement de son couvert, cherchant un meilleur angle de tir. Une sorte de désespoir le forçait à présent à prendre des risques calculés.

Dante à son tour se dégagea, tenant son M-1911 à deux mains, et tira. Mais la balle alla se perdre dans un monceau de pancartes en bois accumulées dans un coin.

L'extrémiste était paniqué, Bolan le voyait clairement, à présent. Et il voulait absolument toucher Bolan pour s'enfuir avant que l'émetteur n'envoie son signal.

— Essaie donc de m'avoir, espèce d'enculé! rugit Dante, espérant que Bolan se débusquerait enfin.

Et l'Exécuteur, en effet, se dégagea du coin d'ombre où il était tapi, le Beretta pendant mollement au bout de son bras, contre sa hanche.

— D'accord! ricana-t-il sinistrement.

***

Le doigt crispé sur la détente, Melissa était tendue à se rompre. L'oreille aux augets, elle attendait le grincement de la portière arrière qui allait s'ouvrir... Son cœur battait très fort dans sa poitrine.

Elle attendit, attendit, attendit...

Mais rien. Personne n'ouvrit la portière, et personne n'apparut.

— Je suis complètement parano, soupira-t-elle avec un sourire nerveux. Décidément, J. D. a raison.

Et instinctivement, elle se redressa sur son siège.

Alors, jetant un regard par le pare-brise, sa main serrant toujours le Walther, elle ne put réprimer un violent juron.

Debout devant le capot de la voiture, un flingue monumental entre les mains, se tenait Rose d'Avril. Et le museau noir de son arme était braqué droit sur la poitrine de Melissa.

Rose sentit son sang se figer en voyant le Walther P .38 dans la main droite de Melissa ; elle venait de comprendre à quel point elle l'avait échappé belle. Elle avait bien failli ouvrir la portière arrière mal fermée, mais au dernier moment quelque chose l'en avait retenue : elle avait reçu dans sa tête l'image de Dante, les bras chargés de matériel, entraînant Melissa lourdement chargée, elle aussi, après avoir balancé un solide coup de pied dans la portière de la voiture. Un coup de pied si violent qu'il n'avait pas manqué de fermer la portière... Aussi la jeune femme, en bonne professionnelle, avait-elle abandonné son projet initial pour se planter devant le break, attendant que Melissa lève la tête.

— Lâchez votre arme, lança-t-elle durement. C'est votre seule chance.

Melissa se contenta de la regarder fixement avec un petit rictus au coin de la bouche. Et

Rose n'eut pas besoin de voir sa main droite qui se tendait lentement pour comprendre ce qui arrivait.

Rose d'Avril appuya sur la détente. La balle brûlante troua le pare-brise et le petit orifice d'entrée qu'elle fit dans le front de Melissa était net, impeccable. En revanche, elle sortit furieusement derrière la nuque de la jeune femme, escortée de giclées de sang et de matières blanchâtres qui éclaboussèrent sauvagement les parois du break. Sous l'impact, Melissa fut soulevée de son siège, heurta le plafond de la voiture, et son corps retomba inerte sur le plancher.

Rose d'Avril ne prit pas la peine de s'assurer qu'elle était morte ; elle se précipita vers la porte par laquelle Bolan avait disparu.

— T'es un homme mort ! ricana Dante, le doigt nerveusement posé sur la queue de détente.

Mais Bolan, en se découvrant, n'avait pas pris une décision héroïque : il avait tout simplement analysé la situation et en avait tiré la seule conclusion logique. Il était clair que la minuterie de l'émetteur avait commencé son tragique compte à rebours, et que par conséquent il n'y avait pas une seconde à perdre. Il était clair également que Dante le sachant, était complètement paniqué, et que cette panique même risquait de lui faire commettre une erreur tactique dont l'Exécuteur saurait profiter. Mais pour lui permettre de se démasquer, il fallait que Bolan se découvre le premier.

L'Exécuteur attendit la toute dernière minute, cherchant un signe sur le visage de Dante, un signe qui lui indiquerait que l'extrémiste allait appuyer sur la détente de son arme. Et enfin, Bolan le vit. Oh, pas grand-chose. Mais imperceptiblement, J. D. Dante venait de serrer les lèvres comme le font souvent les gens quand ils se décident à passer à l'action.

Bolan, dans un bond terrifiant, plongea sur le sol et amena le museau du Beretta exactement dans l'alignement du torse de Dante.

La balle de l'extrémiste siffla furieusement à quelques millimètres seulement de la tête de Bolan, mais la 9 mm du Beretta arracha sauvagement le haut de l'épaule de Dante. Son arme se trouva brutalement projetée sur le sol, tandis qu'il virevoltait pour s'en aller atterrir tout contre deux monumentales roues dentées tournantes qui assuraient la rotation de la plate-forme. Un coin de sa veste se trouva pris dans l'horrible engrenage qui lentement allait le dévorer tout entier.

Bolan, dans un angle, avait repéré la caisse métallique contenant l'émetteur. Il jeta un coup d'œil à l'engrenage où se trouvait pris Dante, avant de lancer durement :

— Dans moins de deux minutes votre bras, puis votre main, vont être dévorés. Dites-moi vite s'il y a un moyen d'arrêter la minuterie qui se trouve dans votre émetteur.

— Va te faire foutre, espèce d'enfoiré ! aboya Dante, vert de rage et de peur.

La porte s'ouvrit à cet instant, et Rose d'Avril apparut. Bolan sursauta.

— Ce n'est que moi, lança-t-elle avec un sourire crispé.

— Ça va pour vous ? s'enquit aussitôt Bolan.
— Parfaitement.
— Et la fille ?
— Hors d'état de nuire.

Elle avait parlé d'une voix sans timbre, mais Bolan comprit ce qu'elle signifiait. Rose d'Avril n'avait pas fait de prisonnière...

Dante poussa alors un hurlement de dément. L'engrenage commençait à mordre le haut de son bras. Les roues dentées avides s'enfonçaient dans la chair molle. Son visage était couvert de sueur à présent. Bolan avança de quelques pas vers l'émetteur et l'examina avec attention. Pas de doute, la minuterie était incorporée. Et il n'y avait pas moyen de l'arrêter. Il se tourna une dernière fois vers Dante :

— Vous ne voulez vraiment rien me dire sur le mécanisme de votre appareil, ni sur votre ami Zossimov ?

La bouche de Dante se retroussa en une moue amère :

— Tu sauras rien, sale con ! Ni toi, ni ta salope ne pourrez jamais...

La balle du Beretta entra droit dans la bouche grande ouverte de l'extrémiste dont le visage s'ouvrit comme un feu d'artifice de chair, d'os et de sang mêlés.

Dante était déjà mort quand il s'effondra sur les genoux, mais l'engrenage ne lâcha pas pour autant son cadavre qui peu à peu allait être broyé inéluctablement.

— Que fait-on de l'émetteur ? demanda Rose d'une voix blanche, détournant le regard du spectacle atroce qui s'offrait à sa vue.

— Il est certainement branché, marmonna Bolan. Inutile de le faire sauter : cela constituerait un signal secondaire, et il y a fort à parier que Zossimov n'hésiterait pas à mettre en branle la machinerie de son massacre.

— Alors que faisons-nous ? Si vos présomptions sont justes...

— Il nous reste en effet une seule chose à tenter, coupa sèchement Bolan : rattraper Zossimov avant que l'émetteur n'envoie son signal. Sacrée course contre la montre, ajouta-t-il en entraînant Rose d'Avril vers la porte.

CHAPITRE XVIII

— Monsieur St. John ! Monsieur St. John !
Zossimov se tourna pour voir un homme en uniforme de pilote qui arrivait dans sa direction en courant.

— Nous attendons toujours de voir apparaître votre signal sur notre écran de contrôle pour décoller, reprit l'homme tout essoufflé. Et nous sommes déjà en retard sur l'horaire prévu. C'est plutôt ennuyeux, nous avons d'autres messages aériens prévus pour aujourd'hui.

— Je comprends bien, monsieur Simms, fit Zossimov avec un aimable sourire, tout en modulant à la perfection son merveilleux accent britannique. Et parlant au nom des organisateurs du festival, je vous remercie de votre patience. Mais le signal que vous attendez est essentiel pour que notre message s'inscrive dans le ciel au moment précis où son impact sur la foule sera le plus fort puisque c'est lui qui commande les relais électroniques de vos échappements. Vous savez que nous non plus ne faisons pas toujours ce que nous voulons, n'est-ce pas, ajouta-t-il en accentuant son sourire. Le public est roi, puisque c'est lui qui nous fait vivre.

Simms hocha la tête, radouci :

— Je comprends, monsieur, mais je souhaite vivement que ce signal arrive dans les minutes qui viennent. Je vous répète, mon équipe et moi sommes pressés.

— Vous avez vérifié que tous vos relais sont bien en place, à bord des appareils ? s'enquit Zossimov d'une voix suave.

— Oui, monsieur. Nous avons scrupuleusement observé vos ordres. Et dès que nous aurons le signal, les relais seront directement télécommandés par votre émetteur ; nous serons en automatique, puisque votre émetteur est réglé.

Simms effleura nerveusement le bord de sa casquette avant d'ajouter :

— Je dois vous dire, monsieur, que mes hommes et moi n'avons jamais effectué un travail dans ces conditions. Nous savons très bien relâcher les gaz pour former les lettres sans que l'échappement de nos réacteurs soit télécommandé depuis le sol. Cette précaution nous paraît tout à fait superflue.

— Je suis absolument d'accord avec vous, répliqua aussitôt Zossimov avec son sourire le plus enjôleur, mais vous savez combien les organisateurs de ce festival sont tatillons, en matière de sécurité. Ils ne veulent courir absolument aucun risque.

Simms se raidit :

— Inscrire des messages dans le ciel ne date pas d'hier, monsieur, rétorqua-t-il un peu sèchement. Nous faisons cela depuis des années et avons pour clients les plus grosses firmes américaines, tout comme l'Armée et la Marine. Personne avant vous n'a essayé de nous dire comment effectuer notre travail.

— Je vais vous faire une confidence, murmura alors Zossimov d'un air entendu. C'est moi qui ai mis au point ce système de relais électroniques reliés au sol par télécommande émettrice et le festival de Riverdale est mon premier gros client, aux Etats-Unis. Si le résultat est probant comme je le crois, j'espère bien obtenir suffisamment de contrats dans votre pays pour pouvoir m'y installer définitivement. Comprenez-vous pourquoi je suis un peu nerveux ?

Simms hocha la tête :

— En effet, j'ignorais ce détail, admit-il, mais laissez-moi vous répéter que notre équipe est la meilleure sur tout le continent pour l'inscription de messages dans le ciel. Nous savons exactement où et quand relâcher nos composés gazeux pour qu'ils soient le mieux visibles et parfaitement nets. Je vous garantis, monsieur St. John, que les lettres que nos avions traceront pour vous feront plus de trente mètres de haut sur près de dix mètres de large, chacune. Votre message s'étirera donc sur près de six kilomètres d'espace aérien, et les gens dispersés sur un périmètre de plus de quatre cents kilomètres carrés pourront le lire sans difficulté.

— Vous savez, seul le public du festival m'intéresse vraiment, sourit Zossimov d'un air entendu.

— C'est lui bien sûr qui le verra le mieux. Nous serons juste au-dessus du campus.

— Parfait, sourit encore Zossimov en se frottant les mains.

— Mais je vous rappelle que nous devrions décoller d'une minute à l'autre, reprit Simms, retrouvant son air préoccupé. Il y a énormément de trafic aérien au-dessus du campus. Tellement même, que l'organisation du festival a dû implanter deux tours de contrôle spéciales. Et les règles de vol sont très strictes.

— Je vous crois, M. Simms, je vous crois, coupa Zossimov avec un rien d'impatience.

Puis consultant rapidement sa montre, il poursuivit :

— Je vous suggère d'aller dire à vos pilotes de se tenir prêts, et si le signal n'apparaît pas d'ici cinq minutes, décollez sans l'attendre. Cela vous va ?

— Entendu, monsieur, admit Simms en effleurant la visière de sa casquette de la main.

Puis il sortit pour regagner la salle où attendaient les pilotes.

Quand il fut seul, Zossimov ne put réprimer un sourire de profonde satisfaction. Il était presque au but ! Dans quelques minutes, cinq avions de chasse américains décolleraient pour aller déverser leur cargaison de mort et d'agonie sur près d'un demi-million d'individus !

Les pilotes, bien sûr, ignoraient tout de la nature véritable de leur mission. Ils étaient simplement payés pour inscrire en lettres de fumée blanche un message de bienvenue à l'intention du public du festival et, avec leurs cinq avions volant en formation impeccable, ils relâcheraient à intervalles réguliers leur fumée chimique blanche en formant des lettres gigantesques. Mais Zossimov les avait obligés, moyennant finance, bien entendu, à installer des relais électroniques télécommandés pour assurer l'ouverture et la fermeture de l'échappement de leurs réacteurs ; en d'autres termes, la voie de sortie de la fumée blanche. Simms avait trouvé l'idée saugrenue, mais compte tenu de la somme offerte par St. John, il avait tout de même accepté. Ce que ses pilotes et lui ignoraient, c'est que cette nuit même, deux hommes de Zossimov avaient changé les composants chimiques stockés dans les réservoirs des avions, dont la combustion devait permettre la formation de la fumée blanche. Ils ignoraient également que les relais électroniques télécommandés étaient destinés à bloquer la fermeture des échappements, dès que les avions entreraient dans un périmètre défini par Dante, et donc codé dans la mémoire de l'émetteur. Ceux-ci, une fois parvenus dans l'espace aérien déterminé, ne pourraient plus refermer leurs échappements, et déverseraient la totalité du mélange gazeux soigneusement préparé par Zossimov et ses hommes sur la foule immense rassemblée autour du podium tournant.

Or ce mélange chimique, Dante lui-même en ignorait la composition. L'extrémiste pensait en effet que les avions déverseraient une substance similaire à l'Agent Orange, un gaz qui crée des troubles respiratoires importants, mais ne fait généralement que très peu de victimes sauf chez les très jeunes enfants et les vieillards déjà atteints de faiblesses pulmonaires. Zossimov, lui, avait vu plus grand ! Beaucoup plus grand, même ! Si grand que dès ce soir, le K.G.B. passerait aux yeux du monde entier pour la puissance la plus meurtrière de la planète...

Le mélange chimique que contenaient les avions n'était autre qu'un composé gazeux formé de carboxydes napalmiques et alipathiques, rendu homogène grâce à un agent stabilisateur.

Quand le mélange sortirait par les échappements des avions, au contact de l'air froid, il se gélifierait et ainsi alourdi, tomberait sur le sol. Mais en pénétrant dans la couche d'air plus chaud à très basse altitude, chacune des particules de gel ainsi formées prendrait feu d'elle-même, et le sol serait arrosé d'une pluie incandescente !

Une pluie de napalm !

Une pluie qui enflammerait tout ce qu'elle toucherait.

Une pluie de mort pour près d'un demi-million d'individus !

Zossimov se frotta les mains. Dieu ! Comme il eût aimé se trouver à bord d'un des avions et observer la panique démentielle sur le campus ! Tous ces imbéciles qui chantaient en ce moment en se tenant gentiment par la main, n'allaient pas tarder à se piétiner sauvagement pour tenter de s'enfuir... mais nul n'en réchapperait !

Et quand le napalm aurait fait son œuvre, Zossimov serait bien tranquillement à Washington, en train de souper agréablement en compagnie de l'ambassadeur soviétique. Avant cela cependant, il lui faudrait s'occuper de son « associé », Dante. Il ne pouvait se permettre de laisser la vie sauve à cet irréductible fanatique. Pareil témoin risquait de compromettre définitivement le bel avenir qu'entrevoyait Zossimov dans son confortable bureau du 2, Dzerzhinsky Square...

— Monsieur St. John !

La voix de Simms tira Zossimov de ses pensées béates. Le pilote arrivait à la hâte :

— Le signal vient d'apparaître ! fit-il haletant. On y va !

— Formidable ! s'exclama Zossimov. Bonne chance !

— Merci, monsieur, répondit le pilote, les yeux brillant d'excitation. J'ai oublié de vous dire, reprit-il, ma femme et ma fille assistent au festival. C'est la première fois qu'elles me verront en pleine action. Elles attendent cela avec impatience.

Zossimov eut un sourire grinçant :

— Je suis sûr que vous leur réserverez une performance exceptionnelle, Simms. Encore une fois, bonne chance !

Simms après un petit salut s'esquiva à la hâte pour rejoindre ses quatre pilotes.

Pauvre imbécile ! songea Zossimov en le regardant s'éloigner. Tout eût été tellement plus simple si ce maudit pilote s'était laissé acheter ! Mais ces Américains, décidément, n'étaient pas commodes à soudoyer !

Le Soviétique poussa un profond soupir et sortit pour regarder décoller les avions avant de repartir. Dans quelques secondes, le plus grand massacre de l'histoire viendrait s'inscrire dans les annales de l'humanité en lettres de sang...

— Par là, Mack ! Par là ! hurla Rose d'Avril.

Bolan écrasa l'accélérateur et la voiture bondit dans le chemin étroit qui bordait le petit aérodrome privé. Bolan braqua ensuite sèchement le volant pour placer la Pontiac face à la clôture de grillage qui longeait la piste.

— Accrochez-vous ! jeta-t-il, tandis qu'il lançait la voiture de toute sa puissance dans le grillage.

La tôle hurla au contact du treillage d'acier mais le bruit frénétique du moteur emballé était plus assourdissant encore, et la clôture céda.

A l'extrémité de la piste, une centaine de mètres plus loin, attendaient cinq mono-réacteurs peints de couleur rouge et blanche. Bolan reconnut aussitôt le modèle : c'était celui utilisé par l'Aéronavale pendant la Seconde Guerre mondiale, pour entraîner les pilotes débutants. Son unique réacteur Pratt et Whitney avait une puissance de six cent cinquante chevaux vapeur, lui permettant de voler à près de quatre cents kilomètres à l'heure.

Cinq pilotes en uniformes bleu marine impeccables faisaient des signes frénétiques en direction de la Pontiac qui venait de déboucher sur la piste.

Bolan les ignora, continuant d'accélérer.

— Occupez-vous d'eux, lança-t-il laconiquement à Rose d'Avril.

Celle-ci se pencha par la vitre de la portière et balança une giclée de balles du Linda dans leur direction, mais largement au-dessus de leurs têtes.

Les pilotes ne se firent pas répéter le message et se ruèrent à l'abri dans un hangar.

Bolan hocha la tête :

— Voilà qui devrait les faire tenir tranquilles pendant un petit moment, murmura-t-il.

— Vous voyez Zossimov ? s'enquit anxieusement Rose d'Avril.

— Pas encore, non.

— Peut-être a-t-il déjà filé ?

— Je ne pense pas, cria Bolan pour couvrir le bruit du moteur. C'est un perfectionniste. Il aura sûrement attendu que les avions décollent avant de s'éclipser.

— Essayons de voir s'il n'est pas sur le parking, derrière le hangar, suggéra Rose.

Bolan continua de foncer pour freiner des quatre roues juste à l'angle du hangar indiqué. Avant même que la voiture soit immobilisée, les deux portières avant étaient ouvertes.

Rose d'Avril appuya le Linda sur un petit muret, observant le parking, tandis que Bolan d'un bond, s'installait sur le capot de la voiture pour mieux repérer les lieux.

— A moins qu'il ne soit tapi sous l'un des quatre véhicules stationnés là, il n'est pas sur le parking, annonça-t-il en sautant du capot.

Puis il s'élança en direction du hangar où s'étaient réfugiés les pilotes. Rose d'Avril le suivit.

— On aura au moins réussi à les empêcher de décoller, cria la jeune femme sans ralentir sa course.

— Je veux ce salaud, lança Bolan par-dessus

son épaule. Je vous ai dit qu'il n'y aurait pas de prisonniers. Pas de fuyards non plus.

Comme ils approchaient de l'entrée du hangar, Simms leur cria d'un ton mal assuré :

— Je vous préviens, je viens d'appeler la police. Vous avez intérêt à dégager la piste, sinon les flics vont vous cueillir en beauté !

— Ne vous en faites, pas, mon vieux, répliqua Bolan en rengainant son Beretta dans la ceinture de son pantalon, nous ne sommes pas des gansters. Nous cherchons un individu du nom de Fyodor Zossimov.

— Nous ne connaissons pas de Zossimov ici, répondit Simms d'une voix agacée.

— Il utilise probablement un autre nom. C'est un individu grand et mince, très distingué, avec des tempes grisonnantes, et...

— St. John, vous voulez dire, le coupa aussitôt Simms. Le gars qui nous a contactés pour le festival de Riverdale ? Il était là, il y a quelques secondes seul... *Hé, là-bas !*

A cinquante mètres de là, sur la piste, l'avion de tête s'ébranlait, son réacteur brassant l'air en puissants cercles invisibles. Et l'appareil commença à rouler.

Fyodor Zossimov était installé aux commandes.

Le cockpit n'était pas encore rabattu, mais Zossimov enclenchait la commande des gaz.

— Arrêtez ! hurla Simms en se ruant vers l'avion.

Zossimov se retourna sur son siège, pointant par l'ouverture du sas un Tokarev TT-33. Il tira deux fois sans ciller, et Simms s'effondra sur la piste en portant les deux mains à sa poitrine.

Rose d'Avril ouvrit instantanément le feu, mais les balles du Linda ricochèrent sur la tôle de l'avion sans occasionner de dégâts notables.

L'avion se dirigeait vers la piste la plus longue, et Bolan avait compris ce qu'il lui restait à faire. Il le savait du reste, depuis bien longtemps... depuis cet instant de vérité dans l'appartement de Melissa, où il avait enfin saisi que le message inscrit dans le ciel par des avions était la clé du mystère, la seule possible et vraisemblable...

D'un geste sec, il arracha de son mollet le chargeur spécial qu'il y avait collé avec une bande adhésive. Puis, rapide comme l'éclair, il fit sauter le chargeur vide du Beretta et y inséra le neuf. Puis, un genou à terre, il braqua son arme sur l'avion en mouvement, anticipant sa course.

Il ne lui restait plus qu'à attendre.

Quand l'appareil et son réservoir de sept cents litres de combustible s'encadrèrent dans son viseur, il appuya sèchement sur la détente. La balle blindée avec son panache de fumée grise cisailla l'air pour se ficher dans le fuselage. Mais l'avion continuait d'avancer en gagnant de la vitesse. Bolan tira deux fois encore, et sa dernière balle toucha la réserve de combustible.

Sous le choc de l'explosion, le nez de l'avion piqua sur le sol tandis que l'unique réacteur jaillissait dans le ciel pour retomber lourdement, une centaine de mètres plus loin, sur le macadam de la piste.

D'immenses flammes jaillissaient du cockpit quand Zossimov se rua hors de l'habitacle, essayant de sauter par-dessus l'aile gauche de l'appareil.

Sans se consulter, Rose et Bolan levèrent le canon de leurs armes, visant la cible mouvante.

La seconde explosion déchira l'air avant même qu'ils aient pu tirer, et une tempête infernale de flammes engloutit brusquement ce qu'il restait du mono-réacteur immobilisé sur la piste.

Du napalm ! Façon K.G.B.

Au milieu de l'enfer brutalement déchaîné, Fyodor Zossimov apparut, son superbe costume tout droit sorti de Savile Row transformé en linceul de flammes. Il tituba contre l'aile de l'avion, battant des bras comme un oiseau affolé pour essayer d'étouffer les flammes qui le dévoraient.

Mais celles-ci étaient voraces... Et soudain les mains de l'agent soviétique s'enflammèrent à leur tour, torches vivantes agitées de mouvements frénétiques ! Puis les cheveux du Soviétique se transformèrent en brasier...

Zossimov hurlait à la mort tout en se précipitant sur Bolan, Rose, et les quatre pilotes survivants.

Bolan leva le canon de son arme pour l'achever, mais Rose d'Avril lui posa une main douce sur le bras :

— Laissons la justice faire son œuvre, murmura-t-elle. L'occasion ne s'en présente pas souvent.

Et Bolan baissa les bras, acceptant pour cette fois la décision de Rose.

Ils regardèrent Zossimov brûler jusqu'à ce qu'il ne reste plus de l'agent soviétique qu'un tout petit tas de cendres noirâtres...

Non, aucun Phoenix maudit, grâce à Dieu, ne renaîtrait jamais de ces cendres-là...

CHAPITRE XIX

— Qu'est-ce donc que ce paquet ? s'enquit Brognola tout souriant, en pénétrant dans la pièce.

— Un cadeau, répondit Rose d'Avril avec un regard malicieux.

— Pour moi ? s'étonna le chef Fédé.

Mais Bolan secoua la tête :

— Non, mon cher ! Pour ta nièce, en félicitation de sa réussite au bac.

Brognola coinça son éternel cigare entre ses lèvres, et s'empara de la boîte en carton avant de demander :

— Et que contient ce mystérieux paquet ?

— Un sweat-shirt de tennis marqué au sigle du festival de Riverdale, répondit Rose en riant.

— Super ! s'exclama Hal. J'espère que vous avez pris la bonne taille.

— On commence à la connaître, ta nièce ! plaisanta Bolan. Tu n'arrêtes pas de nous montrer des photos d'elle.

— En tout cas, je puis vous assurer qu'elle va

être ravie ! Elle rêvait d'assister à ce festival, et était furieuse contre ma sœur qui ne pouvait pas l'accompagner, et qui a refusé de la laisser y aller seule.

Dehors, la petite pluie fine de Virginie balayait doucement les vitres des fenêtres.

— Ce temps de chien va durer longtemps, tu crois ? s'enquit Bolan.

— Encore un jour ou deux, peut-être, fit distraitement Brognola. T'as peur de perdre ton joli hâle californien ?

— A te dire vrai, sourit Bolan, je préfère encore la pluie à la violence des Weathermen et de leurs petits amis.

Brognola secoua la cendre de son cigare tout en observant :

— Ceux-là, nous les retrouverons sans doute un jour ou l'autre. Ce qui compte à présent c'est que Zossimov soit définitivement hors-jeu. Vous avez fait du joli boulot, tous les deux, soupira le Numéro I fédéral. Un travail sacrément bien fignolé.

Et Hal Brognola, toujours gêné quand il fallait tourner des compliments, s'excusa et se retira, laissant Rose et Bolan en tête à tête.

Bolan regarda alors la jeune femme droit dans les yeux :

— C'est vrai que vous avez fait un drôle de parcours, Rose !

— Ce n'est pourtant pas l'impression que j'ai,

soupira modestement Rose. Je vois au contraire toutes les erreurs que j'aurais dû éviter.

— Il en est toujours ainsi quand s'achève une mission, murmura Bolan en attirant doucement la jeune femme contre lui.

Elle se laissa faire, docile, et Bolan l'embrassa tendrement sur la bouche. Il sentait son parfum sucré, la douceur de sa joue satinée contre sa peau plus rude...

— C'est cela la vérité, murmura-t-il en souriant, tout contre son oreille.

— Quelle vérité ? fit Rose en se dégageant pour le regarder, les yeux embués de tendresse.

— Celle qui nourrit les rêves, répondit-il en lui fermant la bouche d'un baiser.

— En tout cas, c'est celle que je préfère, chuchota la jeune femme dès qu'elle eut repris un semblant de souffle.

Modèle Midland
Calibre 270 Win. et 7 x 64

PARKER HALE

EN VENTE CHEZ MESSIEURS LES ARMURIERS

AVEZ-VOUS LU TOUS LES

RENDEZ-VOUS
À
SAN FRANCISCO

chez votre libraire

Découvrez les enquêtes de la

BRIGADE MONDAINE

qui osent enfin révéler les dossiers indiscrets des policiers pas comme les autres ?

Chez votre libraire le n° 53

GOLF-PARTY

GÉRARD DE VILLIERS
PRÉSENTE

par
Richard Sapir et Warren Murphy

Une série bourrée d'action
et d'aventures fantastiques.
C'est violent, c'est cruel... et drôle.

Chez votre libraire le n° 37

PEUR JAUNE

*Achevé d'imprimer en décembre 1983
sur les presses de l'imprimerie Bussière
à Saint-Amand (Cher)*

— N° d'imprimeur : 2586. —
— N° d'éditeur : 11143. —
Dépôt légal : janvier 1984.

Imprimé en France